시시콜콜 시詩알콜

시시콜콜 시詩알콜

취한 말들은
시가
된다

김혜경 이승용 글·사진

꿈지락

무슨 말을 해도 좋습니다
무슨 말을 하지 않아도 좋습니다

술친구란
그래서 좋습니다

당신과 나 사이,
취할 수 있는 술들이
취하기 좋은 시집들이
취한 채 우리가 적은 글들이
그리고 한 권의 책이 있습니다

함께,
술잔을 넘기듯
페이지를 넘기듯

당신이란 술친구와
이곳에서 종종 만날 수 있다면 좋겠습니다

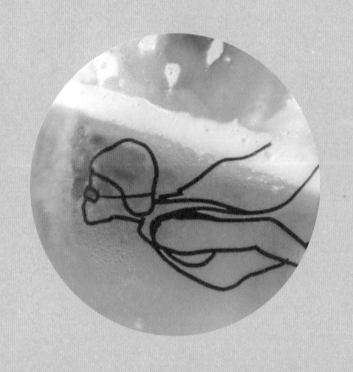

차례 _____

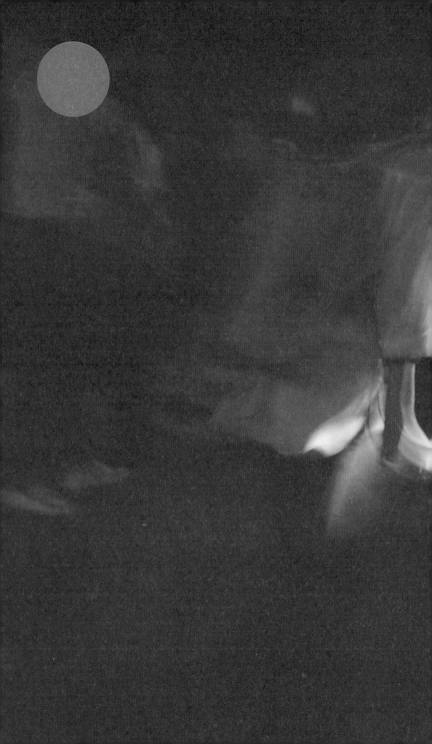

내가
취했으니까
하는
말인데……

최영미 〈내 마음의 비무장지대〉 + 디아블로 까베르네 소비뇽

다시는 술 마시지 말아야지, 다짐하는 날이 있다면 그건
아마도 술을 진탕 마신 다음 날일 것이다. 그리고 그 결심이
수포로 돌아가는 날이 있다면 그건 아마도 그다음 날. 굳이
나열할 필요도 없이 모두가 알고 있는 술의 단점에도 왜
계속 술을 마시냐 하면……
취하는 게 좋다.

추운 날씨에도 수족냉증 따위 걱정 없이 온몸이
뜨끈뜨끈해지는 게 좋다. 겉옷을 두고 나왔어도
허둥지둥하지 않고 '술 마시면 따뜻해져'라고 말할 수 있는
게 좋다. 뜨거워진 피부 위로 차가운 바람이 스치는 게
좋다. 덩달아 뜨거워져 유연해진 것만 같은 관절을 이리저리
흐느적대는 게 좋다. 은근슬쩍 대본 취기 오른 너의 손이
나보다 더 뜨거워졌다는 걸 알게 되는 것도 좋다.
꼭 잡아보면, 마치 갓 나온 포근한 빵 같아. 따뜻해.
취한 사람들은 따뜻한 사람들이야!

알코올은 몸을 데우는 데서 그치지 않고 마음까지 데운다.

온도를 너무 높이면 다 타버리고 녹아버리는 것처럼, 내
몸과 마음 역시 지나친 알코올을 맞닥뜨리면 그 열기를
견디지 못하고 맛이 가버리기 마련. 하지만 적당한 취기는
나를 세상에서 제일 따뜻한 사람으로 만든다. 어느 정도가
적당하냐고? 그건 사람마다 달라. 그걸 알아내기 위해
수없이 토하는 밤을 견뎌내는 거라구.

차라리 값싼 안주나 토할 것이지, 말을 토해내는 경우엔
닦아낼 수도 없다. 술은 의식으로 꽁꽁 감싸져 있던 내
자신을 무장해제시키고, 묻어놓았던 진실들을 너무나도
쉽게 털어놓게 만든다. 마치 열쇠처럼, 열쇠 중에서도 어떤
상황에도 굴하지 않는 마스터키처럼.

그런 의미에서 '같이 밥 먹자' 혹은 '같이 커피 마시자'는
말보다 '같이 술 마시자'는 말을 들었을 때, 그 약속에
임하는 마음가짐이 달라진다. '이 사람, 나에게 맨
정신으로는 할 수 없는 말이 있나 봐. 마음을 좀 더
데워야겠군'이라는 생각. 그리고 그렇다면 나 역시 제대로

뜨끈뜨끈하게 응대해줘야겠다는 마음.

"내가 취했으니까 하는 말인데⋯⋯"로 시작하는 고백과
그런 고백을 덩달아 취한 눈으로 들어주는 사람,
그 사이에 놓인 술잔,
점차 뜨끈뜨끈해지는 마음의 온도.

그러면 가끔, 정말 마법 같은 일이 벌어진다.
괜한 자존심에 빌지 못했던 용서를 구하거나, 들뜬
마음으로 예전의 추억을 되새겨보거나, 너무 사소해서
말하지 못했던 서운함을 토로하고 위로받거나, 차마
입이 떨어지지 않았던 마음을 뜨거워진 입술 사이로
고백해보거나.

마음의 비무장지대로 들여보내는 것은, 커피도 홍차도 아닌
술 한잔이니까.

물론, 나처럼 숙취로 인한 수없는 고통의 밤을 보내지 않은

분들은 알코올을 적당히 조절해 서로의 마음의 온도를
맞추는 법을 잘 모를 터. 그런 분은 처음부터 과음하기엔
쉽지 않은 술로 시작하는 게 좋겠다. 와인, 그중에서도
샴페인이나 화이트와인보다는 좀 더 차분하고 쌉쌀한 톤의
레드와인으로. 입술에서 혀를 지나 내 마음으로 천천히,
진하게, 자기 고백적인 순간을 맞이할 수 있게 해주는
술이니까. 그렇게 와인과의 첫 만남을, 와인이 만나게
해주는 따뜻한 마음을 제대로 경험해보기를.

물론 어려운 이름, 다양한 품종, 상대적으로 비싼 가격
때문에 와인을 어려워하는 사람이 많다. 하지만 커피도
맥주도 많이 마셔봐야 알 수 있듯, 와인도 겁먹지 말고 일단
시작해봐야 즐길 수 있게 되는 법.

레드와인이라고 별거 있나, 집 앞 편의점에도 파는걸.
무려 전 세계 레드와인 판매량 1위의 '디아블로 까베르네
소비뇽(Diablo Cabernet Sauvignon)'. 어디서든 간편하게 살
수 있고 언제든 적당하게 즐길 수 있지만, 그렇다고 해서

와인으로서의 훌륭함은 잃지 않는 믿음직한 술이다.

얇은 와인글라스에 와인을 따라내고, 손으로 빙글빙글
돌려보자. 이러면 와인의 향이 열리고 맛이 좋아진다……
라기보다는, 나와 날 마주하고 있을 당신에게 점차 최면을
거는 느낌으로. 내 마음의 비무장지대에

당신을 한 발자국씩, 들여보내는 느낌으로.

디아블로 까베르네 소비뇽에 젖어든 오늘의 내
비무장지대에 오신 걸 환영합니다. 우아하다 싶을 만큼
차분하면서도, 그 사이로 퍼져 나오는 과일 향을 만끽하실
수 있을 거예요. 생각보다 쌉쌀하고 시다고 해서 놀라지
마세요. 손끝부터 마음까지 뜨끈뜨끈, 달아오를 정도로
부드러운 여운이 곧 찾아올 테니까. 그럼 저는 또 이렇게
말하겠죠.
그러니까, 내가 취했으니까 하는 말인데…….

내 마음의 비무장지대

최영미

커피도 홍차도 아니야

재미없는 소설책을 밤늦도록 붙잡고 있는 건

비 그친 뒤에도 우산을 접지 못하는 건

짐을 쌌다 풀었다 옷만 갈아입는 건

어제의 시를 고쳐쓰게 하는 건

커피도 홍차도 아니야

울 수도 웃을 수도 없어

돌아누워도 엎드려도

머리를 헝클어도 묶어보아도

새침 떨어볼까요 청승 부려볼까요

처맨 손 어디 둘 곳 몰라

찻잔을 쥘까요 무릎 위에 단정히 놓을까요

은근히 내리깔까요 슬쩍 훔쳐볼까요

들쑥날쑥 끓는 속 어디 맬 곳 몰라

20

계절이 바뀔 때마다 가슴속 뒤져보면

그래도 어딘가 남아 있을, 잡초 우거진

내 마음의 비무장지대에 그대, 들어오겠나요

어느날 문득 소나기 밑을 젖어보겠나요

잘 달인 추억 한술

취해서 꾸벅이는 밤

너에게로, 너의 정지된 어깨 너머로

잠수해 들어가고픈

비라도 내렸으면

《서른, 잔치는 끝났다》(창비, 1994)

사는 얘기 한 잔

불평 섞인 한 잔

그냥 웃는 한 잔

그렇게

한 잔에서 한 잔으로

서로의 인생이 부딪히고 찰랑이며

붉어진 당신 얼굴을 보는 게 좋다

오늘만큼은 나의 삶이

잠시 이곳에서 멈추어도 좋다는 듯

빨간 신호등처럼 빛나는 당신

취한다는 건,

때론 가장 따뜻한 일이 된다

난
슬플 땐
술 퍼!

신현림 〈나의 싸움〉 + 호세쿠엘보 에스페셜

술이 달게 느껴지는 이유는, 술보다 인생이 쓰기
때문이라는 말이 있다. 술은 곡물을 이용해 만들기 때문에
단맛이 나는 건 사실이지만…… 저 말을 들었을 땐 그저
고개를 끄덕였다. 살아가다 보면 분명, 평소엔 잘 느껴지지
않는 술의 단맛이라도 붙잡고 싶은 날이 있다.

솔직하게 우는 것보다 모른 척 웃어버리고 마는 게 편할
때가 있으니까. 누군가에게 속내를 털어놓기 위해 내 감정과
마주해야 한다는 게 너무 버겁게 느껴질 때가 있으니까.

그런 날은 슬퍼서 술 마시는 날이 아니라 슬프지 않기 위해
술 마시는 날이다.

내 감정 앞에서조차 솔직하지 못한 내 자신이 비겁한
겁쟁이에 무능력자라고 말해도 상관없어. 힘든 것보다는
때론 그냥 내가 못났다고 생각해버리는 게 편하니까.
편한 게 나빠? 하루쯤 인생을 낭비하는 게 나빠?
그날, 테킬라를 샀다.

테킬라. 어색하고 낯설지만 그래서 더 강렬하게 느껴지는
이름. 발음해보기만 해도 혀가 꿈틀거리는 것 같은 묘한
쾌감이 있다. 기다란 스트레이트 잔에 따르면, 알코올
40도의 높은 도수답게 훅 올라오는 강렬한 술기운에 코부터
움츠러든다. 외국 약재를 달인 것 같은, 테킬라 특유의 쓴
풀 냄새 같은 것도 풀풀 풍겨온다.

멋들어진 이름과는 다르게 생각만큼 고급진 맛은 아니다.
인생의 어두운 밤길을 헤매다 반짝이는 네온사인을 보고
홀린 듯 들어갔더니 허름한 클럽이 나온 것 같다고 할까.
현란한 디스코 비트와 시시때때로 번뜩이는 싸구려 조명,
자욱한 연기, 외국인들의 쿰쿰한 암내와 술 냄새가 가득한
남미의 한 클럽으로 순간 이동한 느낌이다.

기댈 수 있는 거라곤 술밖에 없는 지금의 나는, 이 강렬한
기운에 지고 싶지 않다는 오기가 생긴다. 연거푸 건배를
외치는 사람들 틈에 끼어든 것마냥, 술잔을 쉴 새 없이
들이켠다. 오랫동안 주류점 구석에 놓여 있어 색이 바랜

노란색과 빨간색의 라벨도, 찬란했던 순간으로 플레이
백(play back)이라도 된 듯 다시금 금빛과 붉은빛으로
반짝이는 것 같다.

와중에 안주 삼을 것이라고 해봤자 소금과 레몬뿐이다.
테킬라 스트레이트로 목구멍을 지지고, 소금 찍은 레몬을
재빨리 입에 물면 신맛조차 달게 느껴진다. 일련의 과정이
어딘가 기분을 들뜨게 하는 동시에, 간에 치명적인
알코올이 스미고 있다는 사실이 시시각각 느껴진다. 뼈
마디마디가 알코올에 절여진 듯 노곤노곤 힘이 빠진다.

술이 문제를 해결해주기는커녕 내 건강만 상하게 하고
있다는 걸 모르는 게 아니다. 영화 〈노킹 온 헤븐스
도어(Knockin' on Heaven's Door)〉에서 뇌종양 말기 환자와
골수암 말기 환자가 병실에서 테킬라를 마시는 것처럼,
상할 대로 상해버린 감정 위에 테킬라를 부어봤자 치유되지
않는다는 걸 나도 알고 있다. 알면서도 끊임없이 마시는
것이다.

치욕과 나약한 마음과 우울과 쓸쓸함과 불안과
지겨운 고통은 어서 꺼지라구!

도수가 높은 양주는 맥주처럼 벌컥벌컥 마실 수 없는 만큼
오래 두고 마시는 거라지만, 그날 테킬라 한 병을 그대로
끝냈다.

술 냄새에 파묻혀 아침을 맞이하고, 마셨던 테킬라를 다시
토해내고, 진득한 술기운을 털어내고 싶어 창문을 연다.
그야말로 '테킬라 선라이즈*다. 그 어느 때보다 강렬한
숙취에 입이 바싹바싹 마른다. 테킬라 특유의 냄새가
식도에 진하게 배어서인지, 물을 마셔도 물이 아니라 여전히
술을 마시는 것 같다.

후회스럽지 않다고 한다면 그것도 거짓말.

---

* 테킬라 선라이즈(Tequila Sunrise)는 테킬라를 베이스로 오렌즈 주스와
  시럽을 넣은 칵테일이다. 테킬라의 고향 멕시코의 일출을 형상화한
  것으로, 테킬라를 마시고 난 후의 숙취를 뜻하기도 한다.

그렇지만 "몸 상할 거 왜 이렇게 술을 마셨어?"라고 말하는
사람에겐, "내 몸 상할 거 누구보다 더 잘 알고 있어"라고
받아치고 싶다.
삶이란 자신을 망치는 것과 싸우는 일이니까.
내가 액션배우도 아닌데 어떻게 멋있게만 싸우냐.
가끔 개싸움을 할 때도 있는 거잖아.
그치?

시詿   alcohol

나의 싸움

신현림

삶이란 자신을 망치는 것과 싸우는 일이다

망가지지 않기 위해 일을 한다
지상에서 남은 나날을 사랑하기 위해
외로움이 지나쳐
괴로움이 되는 모든 것
마음을 폐가로 만드는 모든 것과 싸운다

슬픔이 지나쳐 독약이 되는 모든 것

가슴을 까맣게 태우는 모든 것

실패와 실패 끝의 치욕과

습자지만큼 나약한 마음과

저승냄새 가득한 우울과 쓸쓸함

줄 위를 걷는 듯한 불안과

지겨운 고통은 어서 꺼지라구!

《세기말 블루스》(창비, 1996)

가슴에 술을 가득 짊어지고

밤거리를 걷는 사람들

절망에 지지 않기 위해

눈물만큼 술잔을 채우고

허무에 젖어들기 전에

취기에 먼저 젖어들며

잔에서 잔으로

우리는 어떻게든 오늘과 싸우고 있다

눈물의 농도만큼 손에 쥔 잔은

더 짠해질 테지만

괜찮다,

이기기 위한 싸움이 아니니까

괜찮다,

이기지 못해도 싸울 수 있으니까

당신을
24시간
사랑할
순 없어요

성기완 〈날고기 블루스〉 + 가십 맥주

밤 11시, 숙소까지는 어언 30km가 남아 있는 제주도 한복판, 기름이 떨어졌다. 반짝이는 주유소 불빛을 찾아 들어갈 때마다 가솔린이 아닌 LPG 주유소가 우리를 반겼다. 조심스레 24시간 영업하는 가솔린 주유소가 있는지 여쭤보니, 제주도에 있는 주유소들은 10시 이후로는 영업을 종료한다는 사장님의 말씀. 사장님은 우리에게 사형선고를 내리듯, 지금 남아 있는 기름으로는 목적지까지 못 갈 거라고 덧붙였다.

요즘 세상에, 그것도 휴양지로 유명한 제주도에서 그럴 리가 없어, 되뇌며 인터넷을 뒤져봤지만 24시간 주유소는 정말로 공항 근처의 한 곳뿐. 아무리 생각해도 다른 대안이 없으니 어떻게든 되겠지, 라는 심정이 되어 일단 숙소 방향으로 차를 움직였다. 기름을 조금이나마 더 아껴보겠다고 음악도 끄고, 브레이크도 최대한 밟지 않고, 심지어는 대화조차 모두 멈춘 상태로.

가로등조차 이제는 퇴근할 시간이라는 듯 최소한의 불빛을

내고 있는 창밖은 한없이 어두컴컴했다. 아무리 늦은
시간에도 거리의 불빛이 번쩍번쩍하고, '24시간 영업'이 흔한
서울이 몹시 그리워지는 순간이었다.

나조차도 업무량에 치여 휴가를 왔으면서, 남들은 24시간
일해주기를 바라는 마음이라니.

누군가 나를 위해 쉬지 않기를 바라는 것처럼, 꺼지지
않는 메신저 알람이 사랑받는다는 증거라고 생각했던 적이
있었다.
아침이면 연락이 와 있어야 하고 ('일어났는데 왜 연락 안
해'), 일상의 중간중간은 물론 ('아무리 바빠도 너 화장실은
가잖아'), 하루의 마무리까지도 ('자기 전에 카톡 하나는
남겨놔야지'). 그리고 적어도 일주일에 일곱 번 만나면
좋겠다. 조금 봐주자면, 적게는 이틀에 한 번?

당연하게 생각하던 그 모든 것들. 그러니까 사소하고
시답잖은 이야기를 나누고, 오늘 새로 산 물건을 자랑하고,

주말 데이트 혹은 더 먼 미래를 약속하고, 사랑한다고
말하는 것들이 '일상'이라 부를 수 없게 되고 나서야
깨달았다. 그 사람이 사랑이라는 이름 아래, 그 모든 것을
내게 허락해주었다는 걸.

24시간 누군가에게 열려 있는 존재란 없다.
그리고 내가 필요로 하는 것을,
당장 줄 수 있는 사람이 있어야 할 이유도 사실은 없다.
내가 그럴 수 없는 것처럼,
제주도의 주유소 사장님도, 내 곁의 사람들도, 나의 연인도.

하지만 살다 보면 기적도 일어나는 법. 너무너무 감사하고
다행스럽게도, 숙소로 돌아가는 길 중간쯤에 영업 중인
가솔린 주유소를 발견해 무사히 귀가했다. 도착하자마자
방바닥에 쓰러지듯 앉아 다리를 쭈욱 펴고, 한없이 게으른
동작으로 엉금엉금 기어가 냉장고에 넣어둔 맥주를 꺼내는
순간 눈물이 날 뻔했다. 방바닥이 따뜻하다는 게, 맥주는
시원하다는 게, 한참을 찾지 않아도 병따개가 눈앞에

있다는 게 너무 고마워서.

시원한 맥주를 마시는 순간, 그제야 뭉친 어깨 근육이
풀리는 것 같다. 오늘처럼 세상에 언제나 예외가 있지는
않으니까 다만 주어진 순간에 최선을 다해야지, 맛있는
맥주와 함께 다짐한다. 아, 과장 아니고 정말 맛있네,
또 고맙게도.

이날 마신 맥주는 '가십(Gossip)'이란 이름의 술. 덴마크의
집시 브루어리(brewery)*인 '투올(To Øl)'에서 나오는
생산량이 적은 맥주, 그중에서도 물, 홉, 맥아, 효모 외에
소금이나 고수를 넣어 일반 맥주와 달리 새콤 짭짤한 맛을
즐길 수 있는 고제(Gose) 맥주다. 게다가 가십 맥주엔
로즈힙이 잔뜩 들어가 있어, 싱그러운 과일 향까지 느낄 수
있다. 어쨌거나 저쨌거나 맛있다! 게다가 쉽게 구할 수 없는

* 집시 브루어리(혹은 팬텀 브루어리): 자신들이 소유한 양조장 없이,
  레시피만 짜서 타 양조장에 위탁을 맡겨 맥주를 생산하는 곳.

44

맥주라는 생각에 더 맛있게 느껴진다.
과일 같은 새콤한 맥주 덕에 늦은 시간에도 입맛이 확
도는데, 내가 가진 건 눈앞에 있는 이 한 병뿐이라니.

당신의 눈앞에 있는 사람도, 술도. 눈앞에 있다는 건,
생각보다도 더 당연한 일이 아니에요. 그러니까 있는
힘을 다해, 만끽하시길 바랍니다.

열심히 일하고 떠난 휴가의 첫날을 더 기쁘게 누릴 수
있도록, 즐거운 나의 시간에 찾아온 당신을 더 사랑할 수
있도록. 당신이란 존재에 24시간 매여 있는 나이기보다,
내가 사랑할 수 있는 시간에 최선을 다하는 나였으면
좋겠다는 마음으로.

날고기 블루스

성기완

비밀 번호를 아는 문 앞에서
마치 모르는 것처럼 아무 번호나 눌러서
들어가지 못해야만 하잖아요
사랑하는데 사랑하지 못하겠다고
말해야만 하잖아요
내 이야기는 들려줄 수도 없고
당신 새 방의 향기는 맡아볼 수도 없게 됐잖아요

털썩

작곡을 한다는 고래의 노래를 들으러
그 고래 뱃속으로 들어가요
낮에도 밤에도 밤일 그곳에 들어가
송장 같은 내 몸을 침대에 던질래요
침대 사준다고 해놓고
그 약속도 못 지키게 됐잖아요

그래도 드리고 싶은 마음 억누를 수 없어
드리긴 드려요 들어보세요, 당신이 좋아할
라디오헤드의 새 노래를
드리긴 드려요, 라는 표현을 쓰게 됐잖아요
누구 잘못이 아니라
그렇게 됐다구요

앞으로의 시간이 붉은 날고깃덩이처럼
내 앞에 던져져요
그걸 나 혼자 어떻게 구워 먹으라고
어떻게 그걸 질겅질겅
혼자 씹으라고

《당신의 텍스트》(문학과지성사, 2008)

수많은 그림, 사진, 글자,

그리고 그보다 더 많은 여백들이

한 권의 책을 만든다

여백이 없다면

책은, 책이 될 수 없다

홀로,

당신이 곁에 없는

여백 같은 시간들을

읽어보면서

함께,

숱한 페이지들을

빼곡히 채워가는 일

그런 것이 분명

한 권의 사랑을 만든다

말하지 않아도
사랑해, 라고
말하지 않아도
사랑해?

나태주 〈그 말〉 + 블랑 1664

연애를 잘하는 법칙 중의 하나라는, 밀당. 나로 말할 것
같으면, 밀당의 스킬이라곤 전혀 몰랐다. 좋아하는 사람이랑
굳이 밀당을 왜 해? 사랑이 넘쳐나는 이 마음을 있는
그대로 다 표현해야 직성이 풀렸다. 애정 표현에 인색하지
않은 사람이고 싶기도 했다. 힘이 잔뜩 넘치는 스모 선수
같은 타입의 사랑이라고나 할까.

좋아해, 좋아해, 좋아해, 좋아해, 좋아해, 좋아해…….

좋아한다고 말할수록 좋아하는 마음이 커져야 마땅할 텐데,
연애가 길어질수록 내 언어는 힘을 잃었다. 내 마음을 있는
힘껏 너에게로 밀어내고 싶었지만, 나이 들어가는 스모
선수처럼 점점 힘에 부쳤다. 파도처럼 몰려오는 내 고백들에
이리저리 밀리는 상대방 역시 힘들었을 거다. '좋아해'란
단어가 반복될수록, 매번 처음 듣는 말처럼 반응할 순
없으니까.

밀당 같은 거, 힘들고 괴로운 거 아니었어?

하지만 밀당 없는 연애도 힘들고 괴롭기는 마찬가지.

그런 면에서 나태주 시인은 밀당의 고수 같다. 좋아한다는
말을 한없이 달콤하게 하다가도, 너무 커져버린 자신의
마음을 상대에게 다 넘기지 않고 스스로 삼킬 줄도 아는
사람이니까. 말로는 표현할 수 없는 무언가를, 말을 하면
바래지는 마음을 글자로 녹여내는 사람이니까. 사랑하는
마음을 온전히 표현하기란 어려운 일이지만, 그 마음에
가장 가까운 언어를 쓸 수 있는 사람이 시인이라는 생각이
든다.

사랑해, 라고 말하지 않아도 사랑한다는 사실은 변하지
않을 테니까.
그렇게 생각하면 사랑에 대한 믿음으로 마음의 근육이 좀
더 단단해지는 기분이다. 몸에 적당한 근육이 생기면 쉽게
피로해지지 않는 것처럼, 마음에도 적당한 근육이 생기면
사소한 일에는 절대 나가떨어지지 않는다. 그거 알아? 스모
선수들, 엄청 뚱뚱한 비만 같아 보이지만 실은 근육량도

장난 아니래.

그러니까 나도 내 마음의 근육을 빵빵하게 키워봐야지.
말하지 않아도 네가 내 마음 알아줄 때까지, 단단히 버티고
지킬 수 있도록. 내 마음이 너에게 무거운 짐으로 느껴지지
않도록.

그리고 제일 중요한 게 남았지. 적당한 운동엔 역시 적당한
휴식!
시도 때도 없이 들여다보던 스마트폰은 잠시 내려두고, 혼자
왔다 갔다 하느라 힘들었던 마음을 잠시 내려두고, 맥주 한
캔 톡— 따보는 시간은 어떨지.

오늘의 맥주는 '내가 로맨스 강국 프랑스에서 온
맥주요'라고 말하는 듯,
예쁜 푸른색의 '블랑(Blanc) 1664'.

아…… 부드럽다.

갓 세탁한 부드럽고 향기로운 이불에 파묻히는 느낌.
꽃 같기도, 과일 같기도 한 향기가 코끝에 기분 좋게
살랑거리는 걸 만끽하며 차분히 마셔도 좋고, 벌컥벌컥
마셔도 좋다. 어떻게 마셔도 맛있으니까.

온몸 구석구석 블랑의 향이 쫙 퍼지면, 힘이 잔뜩 들어가
있던 몸과 마음이 여유를 되찾는다. 무지막지한 스모

선수였던 내가 한 떨기 꽃 같은 수줍은 봄처녀로 변신하는
느낌이다.

응? 왜 이렇게 맥주가 빨리 없어져? 한 캔 더 따볼까.
간은 조금 안 좋아지겠지만, 눈이 빠져라 스마트폰을
들여다보지 않으니 시력에는 도움이 되겠군.

한 시간, 두 시간.
기꺼이 시와 술이 걸어주는 마법에 취해 너를 가만히
생각해보는 밤.
생각보다, 향기롭다.

그 말

나태주

보고 싶었다
많이 생각이 났다

그러면서도 끝까지
남겨두는 말은
사랑한다
너를 사랑한다

입속에 남아서 그 말
꽃이 되고
향기가 되고
노래가 되기를 바란다

《꽃을 보듯 너를 본다》(지혜, 2015)

아무것도 하지 말고

아무 말도 하지 말고

하지 말자는 다짐 빼곤

아무것도 하지 말고

마음으로 말하고

입으로는 침묵할 거야

그럼 기분 좋은 바람처럼

무언가 우리 사이를

스쳐 갈지도 모르지

짝짝이라도
좋은
한 짝

정끝별 〈펭귄 연인〉 + 듀체스 드 부르고뉴

결혼정보회사로부터 전화를 받았다. 내 번호를 어떻게 알고 전화한 거냐고 멋있게 따지고 싶었는데, "고객님 나이가 예뻐서" 전화를 했다는 말에 (그리고 그 자신감 넘치는 목소리에) 나는 할 말을 잃었다.

안녕하세요, 저를 본 적도 없으면서 제 예쁜 구석을 자신 있게 말해주시다니 고마운 분이네요.
예쁜 나이, 예쁜 나이라니.

아장아장 동네를 누비고 다녔을 때나, 허덕이며 자습서와 함께 책상 앞에 매여 있을 때도 내 나이는 예뻤던 것 같은데. 정확히는 '뭐든 할 수 있는 나이'였는데. 이제는 그때처럼 아이돌을 오빠라고 부를 수 있는 나이도 지났고, 나 역시 시간이 갈수록 아가씨보다는 아줌마 소리를 듣겠지만, 그래도 그런 호칭 따위가 나를 예쁘지 않은 나이라고 생각할 권리는 없다. 세상에 예쁘지 않은 나이가 어딨어, 더군다나 고령화 시대에.

다음에 또 전화가 오면 작정하고 따지겠다고 굳게
마음먹었지만, 용케 전화는 다시 걸려오지 않았다. 다만
내가 맞닥뜨린 다음 상대는 예상과 달리 결혼정보회사가
아닌 남자친구였다.

그래서 나랑 결혼할 거야?

결혼, 두 사람이 만나 앞으로의 인생을 함께하자고
사회적으로 법적으로 약속하는 것. 신께 맹세할 만큼
성스럽고, 법으로 묶이는 만큼 단단하다…… 고 할 수
있겠지만 어쩌나. 우리 아빠는 두 번이나 이혼했는걸.
사랑해도 극복할 수 없는 문제가 있다. 결혼해도 그건
변하지 않는다. 평생 지켜질 수 있는 약속이 있다는 것과
약속은 언젠가 깨진다는 것, 둘 중에 무엇이 더 믿을 만한
명제일까.

미드 〈How I Met Your Mother〉*를 보면 '올리브
이론'이라는 게 나온다. 한 명은 올리브를 좋아하고, 다른

한 명은 올리브를 싫어한다면 그건 완벽한 커플이라는 이론이다. 서로 다른 사람이 만나 완벽한 하나의 세상을 이룬다는 뜻. 하지만 결국 남자는 고백한다. '넌 올리브를 좋아하고 난 싫어해서 우린 완벽한 커플이라고 말했지만, 사실 나 올리브 좋아해'라고. 그 남자는 자신이 좋아하는 올리브를 매번 포기하면서 어떤 마음이었을까? 어쨌든 그 고백에도 불구하고 둘은 결혼했다. 그리고 남은 평생 서로 올리브를 더 많이 먹기 위해 다툴 것이다.

관계라는 게 그렇다. 인생은 짜장면과 짬뽕 두 개를 공평하게 나눠 먹을 수 있는 짬짜면 그릇 같지가 않아서, 서로 다른 욕망을 동시에 해소할 수가 없는 법이니까. 먹고 싶은 메뉴와 가고 싶은 장소가 있어도 포기할 줄 알아야 하고, 그런 것이 평생 반복되는 게 결혼이라는 것이다. 결혼은 미친 짓이라는 말이 괜히 있는 게 아니다.

* 미국 CBS에서 2013년 9월부터 2014년 3월까지 방영된 드라마로 국내에서는 '내가 그녀를 만났을 때'라는 제목으로 소개됨.

……그래서 나랑 결혼할 거야?

그러니까 내 몫의 올리브를 포기하란 말인데,
대체 왜 '아니'라는 대답이 시원하게 나오지 않을까.
아마 나는 기꺼이 '올리브를 포기한' 내가 되고 싶나 봐.

그런 생각이 들었던 건 그때가 아니었을까 싶다. 멋진
곳에서 데이트하고 싶어서 오프숄더 원피스를 입고 화장도
열심히 하고 만난 날, 을지로 뒷골목의 낡디낡은 노포에
데려간 너에게 화가 났는데 그 집 순댓국이 세상에서
제일 맛있었을 때. 어느새 너는 나처럼 커피 맛을 따지게
되고 나는 너처럼 신나게 주정을 부리고 있고, 서로 그
모습을 보며 고맙고 또 행복할 때. 서로를 녹이며, 서로가
녹아내리며 함께하고 있다는 걸 문득 깨달았을 때.
내 모습을 끝까지 유지하는 것도 좋겠지만, 너와 내가
'우리'라는 하나로 섞이면 전혀 예상하지 못한 모습으로
바뀐다는 게 멋지다는 걸 알아버렸다고 할까. 마치 '듀체스
드 부르고뉴(Duchesse de Bourgogne)'처럼.

오크통에서 18개월 동안 숙성한 맥주와 8개월 동안 숙성한 맥주를 블렌딩해 생산해내는 이 맥주는, 마치 서로 다른 사람이 만나는 연애 같다. 두 맥주가 만나 예상치 못하게 '와인 맥주'가 되어버렸으니까.

와인 맥주라니, 그게 뭐야? 와인 애호가도, 맥주 애호가도 어리둥절해할 별칭이지만, 마셔보면 '아' 하는 달달한 탄식을 내뱉을 것이다. 두 가지 맥주가 만나 서로에게 무슨 일이 생겼는지는 몰라도, 새롭고도 맛있는 뭔가를 탄생시켰다는 건 분명하니까.

그러니까 이 맥주를 마신다면 전용잔이나 와인잔을 준비하길. 흔히 생각하는 노란색에 하얀 거품의 맥주가 아닌, 매끈하게 흘러나오는 붉은 빛깔의 액체는 '와인잔을 꺼낼걸!' 하는 후회를 불러오기 마련이니까. (맥주답지 않게 이리저리 꼬아 만든 듯한 긴 이름부터도 다 이유가 있다) 게다가 사워 에일(Sour Ale)* 다운 독특한 신맛과, 신맛을 부드럽게 감싸 안고 있는 단맛은 절로 탄성을 자아낸다.

혀가 얼얼해질 때까지 입안 가득 머금고 있고 싶은 이 맛은,
그야말로 '와인 맥주'라 불리기에 부족함이 없다.

우리의 인생도, 맥주도, 서로 다른 무언가를 만났을 때
굉장한 걸 만들어낸다는 건 틀림없다. 서로가 서로를 위해
비웠던 자리가 상대방의 것으로만 채워지기보다 서로의
것이 만나 합쳐지는 자리가 되었던 것처럼.

그러니까, 다음엔 제대로 프러포즈 해봐.

* 젖산이나 야생 효모로 발효해 신맛이 나는 맥주.

펭귄 연인

정끝별

팔이 없어 껴안을 수 없어
다리가 짧아 도망갈 수도 없어

배도 입술도 너무 불러
너에게 깃들 수도 없어

앉지도 눕지도 못한 채

엉거주춤 껴안고 서 있는

여름 펭귄 한 쌍

밀어내며 끌어안은 채

오랜 세월 그렇게

서로를 녹이며

서로가 녹아내리며

《은는이가》(문학동네, 2014)

아스팔트 위로 한 송이 눈이 스몄다

지붕 밑 고드름이 바닥으로 흘러내렸다

녹는다는 건 그렇게

사라져버리는 일이라지만

너에게 녹아드는 나는

나에게 녹아내리는 너는

뺀 만큼 더해지고

뒤엉킨 만큼 가까워져서

웃음이 가득한 너에게

눈물로 뒤덮인 내가 녹아든다

한 사람에 한 사람이 더해져

함께, 한 사람이 되기까지

술맛
나는
JOB소리들

제페토〈나는〉 + 좋은데이

대학생 김 씨였던 나는 취준생 김 씨가 되었고, 어느덧
직장인 김 씨가 되었다. 아마 뉴스에서 인터뷰를 한다면,
자막에는 ○○회사 김 모 씨로 처리될 것이다. 처음 만난
사람에게는 좀처럼 나를 어떻게 설명해야 할지 몰랐지만,
이제는 그런 자기소개도 어렵지 않게 되었다. 명함 한 장
건네면 그만이니까, 내가 하는 일이 곧 나를 어떤 종류의
사람인지 증명하게 되었으니까.

하루의 대부분을 직장에서 보내고, 내가 하는 생각의
대부분이 직장에 매여 있으니 내 자신에 대한 설명도
그 정도면 충분해져버렸다. 퇴근 후 친구들을 만나 술을
마실 때면 술자리에서까지 회사 얘기는 꺼내지 말자고,
지금만큼은 즐겁게 술만 마시자고 다짐하며 첫 잔을
부딪친다. 하지만 테이블 위에 빈 병이 늘어날수록 결국
다시 회사 얘기로 돌아가고 만다. 같은 회사를 다니는
동기들끼리도, 서로 다른 회사를 다니는 친구들끼리도
마찬가지다.

어쩔 수 없다. 우리는 각자 직장인 김 모 씨, 이 모 씨, 박 모 씨, 모 모 씨니까. 낮에는 돈을 넣으면 보고서를 뱉어내는 자판기였다가, 밤에는 소주를 넣으면 한탄을 뱉어내는 자판기가 되고 마니까.

제약회사 영업직 이 모 씨가 말하길, 자기는 천직을 찾은 것 같단다. 많은 사람을 만나고, 또 그들을 설득하는 맛이 있는 영업직이라는 일도 좋고 어느 정도 성과도 있는 것 같아

당분간 계속 이 일을 해보고 싶다고 했다. 다만 일은 너무
좋은데, 같은 부서에 자기를 힘들게 하는 상사가 있다고
했다. 일을 잘해서 배울 점이 있는 것도 아니고, 성격이 좋은
것도 아닌 데다 이유 없이 자기를 싫어하기까지 하는 상사.
그래, 맞아. 역시 사회생활에서 제일 힘든 건 사람 문제지,
고개를 끄덕이며 우리 이 모 씨를 위해 건배.

무역회사 김 모 씨도 말하길, 자기는 중국어 학원에
등록했단다. 적응하느라 어려웠던 일들에 익숙해지고
나니, 회사에서 더 인정받기 위해 어학 능력 시험에
도전하기로 했다고 했다. 다만 일을 더 열심히 하고 싶은데,
회사 분위기가 영 아니라고 했다. 회사 내 남자 비율이
압도적으로 많고 젠더 감수성도 떨어지다 보니 마음 상할
만한 발언들이 쉽게 쉽게 나온다고. 소문이 자자한 성희롱
문제들, 그리고 그 문제들이 여전히 해결되지 않고 있다는
이야기까지 나오자 모두가 한숨과 함께 술잔을 들었다. 진짜
다들 왜 그러냐, 맘고생하는 우리 김 모 씨를 위해 건배.

광고회사 박 모 씨는 말없이 술잔을 들이켜다 말하길,
자기는 이젠 전부 모르겠단다. 야근으로 인해 낮과 밤의
경계가 없는 데다 주말에도 회사에 출근하다 보니 편하게
약속 잡아본 지가 언제인지 모르겠다고 했다. 성과에 크게
영향을 미치지 않는 낮은 직급이다 보니 보람도 없고,
일이 돌아가는 프로세스에는 익숙해졌지만 자기 생활이
없어졌고, 잠을 자다가 악몽까지 꾼다고 했다. 이직도
고민해봤지만 여기 말고도 다 비슷한 것 같다고, 술잔에
한숨을 깊게 섞었다. 야, 술잔 들어. 조금만 더 버텨보자,
우리 박 모 씨를 위해 건배.

분명 각자 처한 상황도 감정도 다르겠지만, 어쩐지 다
내 고민 같은 이야기들. 한숨이 절로 나오고, 서로를
위로해주고 싶은 마음에 다 함께 잔을 부딪친다. 슬프지만,
우리가 겪는 일들에 비해 소주가 달다. 우리가 겪는
사람들에 비해 소주가 부드럽다. 언제부터 이런 말을
주고받는 어른이 됐을까, 문득 서글퍼지는 마음에 다시
잔을 부딪친다.

테이블에 정갈히 늘어선 소주병에 선명한 '좋은데이'라는
이름의 라벨이 야속하다. 좋은 날은 언제 올까, 오긴 오는
걸까. 한 병 다 마시면 오려나.

나란히 술에 취한 채, 술잔을 꼭 붙잡은 채 다짐한다. 우리
직장인 김 모 씨, 이 모 씨, 박 모 씨 하지 말자. 명함 하나로
설명되는 사람 하지 말고, 자판기처럼 계속 뭔가를 뱉어내야
하는 사람 하지 말자. 우리는 누군가의 자식이고, 누군가의
반려자일 것이고, 누군가의 부모가 될 테니까. 우리는
우리만의 이름을 가진 사람들이니까.

그러니까 좋은데이, 올 거야.

나는

제페토

높은 양반 말씀하시기를
나더러 산업역군이란다
나의 일터는 경제의 최전선이고
전선에서는 다들 죽는 거란다
일 년에 이천 명씩
다치기도 부지기수

그런 거란다
원래 그런 거라는데
억울하다
석연치 않다

나는 역군 아닌데

종현이 아버지인데

지수 씨 남편인데

썩 괜찮은 아들인데

나는 사람인데

《그 쉿물 쓰지 마라》(수오서재, 2016)

월급을 받기 위해 일했더니

스트레스를 월급보다 많이 받은 신입사원님

회사에 한 몸 바쳤더니

그 몸에 뱃살을 보너스로 받은 대리님

숱한 밤을 야근으로 보냈더니

머리숱도 저 멀리 보내버린 부장님까지

보람찬 날,

보다 더 많은 힘든 날을 겪고

뜻깊은 날,

대신 더 많은 슬픈 날을 지나왔을 테지만

돌이켜보면

술 마시기 좋은 날 정도는

분명 있었을 것입니다

신입 대리 과장 차장 부장님들

때론 짠한 마음을 위해

소주라도 짠― 해보는 건 어떨까요

좋은 날이 있다면 더 좋아지도록

좋은 날이 없어도 조금은 나아지도록

잘못
사는 게
잘못한 건
아냐

오규원 〈문득 잘못 살고 있다는 느낌이〉 + 테넌츠 라거운 좋게 칼퇴하는 날.

집에 가면 간만에 깔끔하게 청소기도 돌리고, 봐둔
레시피로 요리도 하고, 사둔 책도 읽고, 요가 동영상도
따라 해봐야지. 하지만 막상 집에 도착하고 나면, 소중한
자유시간을 활용해 이것저것 취미생활을 즐기는 번듯한
어른이 되고 싶다는 욕망과 하루 종일 일만 했으니
아무것도 하지 말고 좀 쉬고 싶다는 마음이 치열한
줄다리기를 시작한다. 줄이 풀리는 순간은, 눈에 폭신한
침대가 들어올 때.

맞아, 하루 종일 내가 눕지도 못하고 앉아 있었지…….
어느새 나는 화장도 지우지 않은 채로 지친 몸을 침대에
비스듬히 누인 후 스마트폰으로 시시콜콜한 기사들을
찾아보며 시간을 보낸다. 아, 행복하다.

자야 할 시간은 순식간에 찾아온다. 시간을 확인하고 그
사실을 깨닫는 순간, 짧았던 행복이 와장창 끝나버린다.
우습게도, 하릴없이 보낸 시간이 억울해서 잠이 오지
않는다. 내일의 내가 불안하고, 오늘의 내가 한심하다.

얼른 잠에 들어야 상쾌하게 맞을 수 있을 내일과 잔뜩
세워졌지만 하나도 실천하지 못한 계획들로 가득한 오늘
사이에서 한숨과 자괴감이 쌓인다.
아, 나란 인간은 왜 이렇게 발전이 없을까…….

그렇게 12시가 땡 넘어간다. 이미 오늘의 나는 어제의 내가
됐고, 내일의 나는 오늘의 내가 되어버렸네. 아, 몰라몰라.
한숨과 함께 맥주를 꺼낸다. 어제의 나는 아무것도 안 하고
스마트폰이나 하며 즐겼는데, 오늘의 나라고 해서 바로
잔다는 건 불공평하지.

오늘의 나에게 주는 첫 번째 선물은 청량한 페일 라거(Pale
Lager).* 그중에서도 흔히 마실 수 있는 국산 맥주보단
더 진하고 쌉쌀한 풍미의 스코틀랜드산 맥주인 테넌츠
라거(Tennent's Lager)라면 최고의 선물이다. 물론 작은 캔은

* 일반적으로 볼 수 있는 밝은 금색의 맥주로, 전 세계 사람들이 가장 많이
  소비하는 맥주. 탄산감과 청량감이 특징.

아쉬우니 기다란 캔으로.

이왕 마실 거 캔으로 마시지 말고 투명한 유리컵에 한가득
따라보자.

투명한 황금빛에 샴페인처럼 올라오는 풍부한 탄산,
부드러워 보이는 하얀 거품…… 맥주의 정석이라고 해도
과언이 아닌 모습!

이제부턴 맥주를 좀 더 맛있게 마실 수 있는 나만의 방법.
맥주잔을 냉동실에 넣고, 잽싸게 샤워실로 들어가 옷을
훌훌 벗어 던진 후 뜨거운 물에 몸을 지진다. 몸이
달궈지면서 갈증이 점점 더 밀려오지만 꾹 참는다. 머리를
말리는 수고로움 따위는 수건으로 대충 묶어버리고,
누구에게도 보여줄 생각이 없는 헐렁하고 누추한 홈웨어를
서둘러 입는다. 숨 가쁘게 냉동실을 열면 아주 차가운
맥주잔이 나를 기다리고 있다.

이 잔은 누구에게도 양보할 수 없는, 칼퇴의 순간을 다시
맛보는 것 같은 맥주다.

머리가 띵하면서 뒷덜미부터 뻐근하게 차가워지는 감각.
입술 사이로 자연스럽게 새어 나오는 '크으—' 하는
감탄사는 덤.
하루 종일 회사에서 이리 치이고 저리 치였던 기억들도,
수없이 반복했던 '잘못했습니다'라는 말도, 조금 더 나은
인간이 되어야겠다는 강박도, 그 모든 것을 다 시원하게
꿀꺽, 꿀꺽, 꿀꺽 밑으로 내려보낸다. 아, 행복하다.

잔을 끝까지 비우고 아쉬움에 입맛을 다시다 시계를 보니
어라, 어느새 새벽 2시가 다 되어가네. 서둘러 싱크대에
잔을 내려놓고 침대에 다시 눕는다. 어으, 배불러. 잠 안 와.
웹툰이나 보다 잘까.

새벽 2시에 맥주로 불룩 솟은 배를 바라보는 이 느낌은,
'문득 잘못 살고 있다는 느낌'이랄까.
알면서도 항상 같은 실수를 반복하고 있는 내가
한심하다가도, 배가 꺼지고 술기운이 올라오면 다시 용기가
솟는다.

오늘 이렇게 맥주를 마셨으니 잠도 안 올 거고, 아침에
일어날 때도 고생이겠지. 하지만 내가 내 자유시간에 잠을
자든 공부를 하든 맥주를 마시든 무슨 상관이야. 잘 사는
거, 잘못 사는 거, 애초에 그런 건 누가 정하는 거야? 그리고
24시간 중 한 시간 정도는 잘못 살고 있다는 느낌을 받아야
더 정상인 건지도 몰라! 자기반성 안 하는 사람들한텐
발전도 없어!

치기 어린 취기가 나를 점령한다.
이제 진짜 잘 때가 됐네.

오늘의 나에게, 굿나잇.

문득 잘못 살고 있다는 느낌이

오규원

잠자는 일만큼 쉬운 일도 없는 것을, 그 일도 제대로
할 수 없어 두 눈을 멀뚱멀뚱 뜨고 있는
밤 1시와 2시의 틈 사이로
밤 1시와 2시의 공상의 틈 사이로
문득 내가 잘못 살고 있다는 느낌, 그 느낌이
내 머리에 찬물을 한 바가지 퍼붓는다.

할말 없어 돌아누워 두 눈을 멀뚱하고 있으면,
내 젖은 몸을 안고
이왕 잘못 살았으면 계속 잘못 사는 방법도 방법이라고
악마 같은 밤이 나를 속인다.

《왕자가 아닌 한 아이에게》(문학과지성사, 1978)

안녕하세요,

대리님 차장님 팀장님 회사님

세상 모든 갑님과 대표님

저는 요즘 백 점짜리 인생을 살고 있는 것 같아요

백 점 만점에 백 점으로 잘못 사는 인생 말이죠

매일 최선을 다해

잘못 사는 만큼 잘못했습니다라는 말을

달고 살고 있거든요

늦어서 몰라서 어리버리해서

실수해서 모자라서 부족해서

아니면 잘한 게 하나 없어서

잘못 살아서 잘못했다고

열심히 고개를 숙이는데요

지금은 새벽 야근을 마치고 집에 돌아와

한껏 숙였던 목을 맥주 한 캔으로 축이고 있답니다

그런데 말이에요

요즘 들어 계속 잘못 살아보니까요

잘못 사는 거라도 꽤 잘하게 된다면

그게 정말 잘 사는 방법이 아닐까요?

지금
이 순간을
지나가고
있습니다

한강 〈회복기의 노래〉 + 블루문

집에 베이킹 소다가 있었나? 선반을 뒤져보니, 뭔 데이에
뭔가를 만들겠다고 사두었던 베이킹소다가 새것 그대로
남아 있었다. 혹시라도 오렌지 껍질에 남아 있을 농약의
유해한 잔여물을 닦아내기 위해서는 베이킹소다를
활용하면 된다— 고 인터넷 블로그에 나와 있었다.
베이킹이란 이름이 붙은 베이킹소다에겐 미안하지만,
오렌지가 담긴 물에 베이킹소다를 풀어 넣고 두툴두툴한
오렌지 껍질을 박박 문질러 닦아준다. 뽀득뽀득해진
오렌지의 물기를 털어내고, 보송보송한 수건 위로 가볍게
굴려 물기를 닦는다.

오렌지의 호사는 여기까지다. 오렌지를 반으로 자르고,
잠시 숨을 고른다. 그다음부턴 너무 두껍지도 얇지도 않게,
무엇보다 삐뚤삐뚤해지지도 않게 정성스럽게 칼을 위아래로
움직인다. 텔레비전에서 셰프가 식재료를 빠른 속도로
현란하게 채 썰던 모습이 떠오르지만, 나 같은 칼질 초보는
결코 손을 함부로 놀려서는 안 된다. 칼을 잡는 손도 칼이
향하는 재료도 다치지 않도록, 칼놀림은 언제나 신중해야

하는 것이다. 요리를 잘하는 편은 아니라서 모르겠지만
칼을 잡는 것도 펜을 잡는 것과 같지 않을까.

셰프들이 칼로 재료를 다듬듯, 글을 쓰는 사람들은
펜으로 곱게 난도질한 감정의 단면들을 각자의 방식대로
내어놓는다. 셰프인지 글 쓰는 사람인지, 어쨌든 그런
마음으로 나름대로 신중하게 오렌지를 잘라서 맥주에
빠뜨린다.

어쩐지 허무하긴 하지만 그냥 맥주는 아니고, 발효
과정에서 오렌지 껍질이 들어간 '블루문(Blue Moon)'이다.
맥주 맛을 테스트하던 한 직원이 "이런 좋은 맛을 가진
맥주는 이삼 년에 한 번씩 뜨는 블루문처럼 아주 드물게
나오는 것이다"라는 말에서 이름 지어진, 바로 그 블루문.

오렌지로서는 다시없을 좋은 마지막일 것이다. 맥주
입장에서도 발효식품이 신선식품을 만난 꼴이니 여러모로
좋은 선택이다. 그러지 않아도 향기로운 맥주가 오렌지를

만나 더욱 신선하고 경쾌한 향을 자아낸다.

맥주 한 잔 마시는 데 너무 번거로운 거 아닌가 싶지만,
맥주를 한 잔이라도 제대로 마시기 위해 번거로움을
감수하는 과정 자체가 즐겁다. 여행을 준비하는 것부터가
여행의 시작이라고 하지 않는가.

그렇게 준비된 맥주를 들이켜면, 거품 가득한 파도가
밀려오듯 밀맥주의 부드러운 맛이 밀려와 혀를 감싸고 돈다.
적당히 맛있는 맥주를 마실 때의 편안함과 신선한 오렌지의
과육이 입술에 닿을 때마다 느껴지는 만족감에 혀가
몽글몽글해지는 기분이다. 알코올이 그다지 세게 느껴지지
않아 목 넘김이 편안한 탓에 금방 비워지는 잔이 그저
아쉽다.

마무리는 다시 오렌지다. 맥주에 절여져 마지막 향까지 뽑힌
오렌지를 해체하는 작업에 착수한다. 물렁물렁해진 오렌지
껍질을 발라내고, 뭉근해진 과육을 입에 넣는다.

달지 않을까 했던 기대와 달리, 입안이 쌉싸름하다.
정성스레 준비한 맥주 한 잔이, 아무렇게나 내팽개쳐진
오렌지의 모습으로 끝난다.

인생은 대개 이런 모습이다. 모든 아름다운 것들은 비워진
맥주잔처럼 아쉬움만 남긴 채 사라지거나, 만신창이가 된
오렌지처럼 아름다움을 잃어간다. 하지만 아름답다고 말할
수 있는 그 순간만큼은, 맥주를 마시는 그 순간만큼은
맛있는 한 잔의 블루문으로 제 역할을 다했다는 건
분명하다.

혹은, 멋진 사진 한 장 정도는 남기도 한다. '블루문'답게
푸른 달이 그려진 예쁜 라벨에 칵테일처럼 오렌지를 꽂은
맥주라니, 사진을 찍어두지 않으면 아쉬울 지경이니까.
그러니 맥주잔을 당장이라도 입가로 가져가고 싶겠지만,
아주 잠깐의 시간을 할애하여 사진을 찍어두자. 어차피 배
속으로 사라져버릴 것, 보기 좋았던 때를 간직하기 위해.

한강 시인의 시집을 읽으면, 사라져버릴 소중한 '그때'를 묵념하는 것 같은 순간들이 나온다. 얼굴에 햇빛이 내릴 때, 눈을 감는 것처럼. 지나가버리는 것은 지나가버리는 것이지만, 애써 붙잡지도 그렇다고 마구 흘려보내지도 않겠다는 듯 그녀는 그저 햇빛이 지나갈 때까지 눈을 가만히 감고 있다.

맛있는 맥주 한 병도 언젠가는 비워내는 순간이 온다.
그러니까 우리, 지금 마시는 한 모금을 즐기자.
입으로든, 눈으로든.

우리는 지금도, 지금 이 순간을 지나가고 있으니까.

회복기의 노래

한강

이제
살아가는 일은 무엇일까

물으며 누워 있을 때
얼굴에
햇빛이 내렸다

빛이 지나갈 때까지
눈을 감고 있었다
가만히

《서랍에 저녁을 넣어 두었다》(문학과지성사, 2013)

역 이름이 잠시 보입니다

이제 곧 멀어져가더라도

그럴 수밖에 없다는 듯이

우리는 '지금'이라는 역을

지금, 지나가고 있습니다

마음에
마음을
저금합니다

시바타 도요 〈저금〉 + 장수 막걸리

텅텅 빈 시골집에서 할머니가 혼술을 즐긴다면, 그 술은
뭘까?
소주는 할머니보단 할아버지 쪽에 어울리고, 맥주는 어딘가
젊고 차가운 느낌이다. 외국이라면 와인이나 위스키를
마신다는 상상을 할 법도 하지만, 조그맣고 귀여운
우리나라 시골 할머니에겐 너무 화끈하잖아!

그러니까, 아무래도 따뜻한 안주에 구수한 막걸리 한 잔
정도가 아닐까?
사이다를 흘러넘치게 섞어 달달해진 막걸리 한 잔을
오래오래 홀짝거릴 것 같은 느낌.
시원한 막걸리에 배 속이 차가워질 때쯤, 따끈따끈한 안주로
몸의 온도를 노련하게 맞출 것 같은 느낌.
실은 내 기억 속의 할머니가 그런 이미지다.

나와 남자친구 그리고 우리의 절친한 외국인 친구 라이언,
이렇게 셋이서 휴가차 놀러간 제주도의 시골 동네. 소리로
가득 찬 서울과 다르게 인기척도 없을 정도로 한적한

114

동네에서 평화를 만끽하던 도중, 뭔가를 내려치는 둔탁한
소리가 들렸다. 이리저리 기웃거려보니 체구가 작은
할머니가 마치 나무 사이에 끼어 있는 것 같은 모습이 눈에
들어왔다.

퍽, 퍽.
자세히 보니, 할머니가 나무 사이에 몸을 들이밀고
있는 힘을 다해 가지를 내려치는 소리였다. 할머니가
뜬금없이 나무를 치지는 않을 테고 분명 가지치기를
하려는 것 같은데, 힘이 턱없이 부족해 보였다. 아주 큰
나무는 아니지만 할머니의 체구가 조그맣고, 도끼의
둔중한 움직임을 감당하기에 할머니의 팔은 너무나 여려
보였으니까.

퍽, 퍽.
낮은 담벼락을 사이에 두고, 우리는 혼란스러운 시선을
주고받았다. 그래도 비교적 힘이 넘치는 우리가 도와드려야
하지 않나, 괜히 말을 꺼냈다가 불편해하시면 어쩌나.

115

할머니가 힘들다고 우리한테 말한 것도 아니지 않나. 괜한
참견이라고 싫어하시면 어쩌나. 말을 거는 것이, 좋은 일을
하려는 것이 원래 이렇게 어려웠었나.

퍽, 퍽.
여전히 힘없는 소리. 이제는 나뭇가지가 아닌 내 마음을
내려치는 것 같다. 새카맣게 탄 얼굴에 쪼글쪼글 주름져
있는 세월들이 나를 나무라는 것 같다. 그 누구도 뭐라고
하지 않았는데도.

자리에서 옴짝달싹하지 못하고 있는데, 우리 중에서
한국어를 제일 못하는 라이언이 어색하지만 곧바르게
외쳤다. 그간 라이언에게 한국어를 가르쳐온 건 우리였는데.

"도와줄까요?"

옳은 말에 거창하고 어려운 수식어가 필요할까.
좋은 일에 대단한 결심이 필요할까.

그 어느 것도 정답이 아니라는 듯,
당황한 듯 끔벅이는 할머니의 눈과 이내 환하게 웃는
영영 모를 뻔했던 할머니의 얼굴.

할머니의 고군분투가 허무할 정도로, 뻗친 머리카락처럼
무성하게 솟아 있던 나뭇가지들은 우리 손에서 맥없이 잘려
나갔다. 그럴 때마다 할머니는 세상에 이렇게 기쁜 일은
없다는 표정으로 웃으며 박수를 쳤다. 덩달아 즐거워진
우리는 할머니가 부탁하면 가지가 아닌 나무 몸통이라도
베어드릴 기세가 되었다.

잘려 나가는 나뭇가지의 수가 늘어날수록, 할머니는
미안해하고 고마워하며 계속해서 먹을 것을 건넸다.
제주도에선 고구마를 감자라고 부른다는 사실을 알게 된
것도 이때였다.

어느 정도 일을 마친 후에는 명절이라도 된 듯 다 같이
둘러앉아 할머니의 이야기를 들었다. 알아듣기 힘든

할머니의 제주도 사투리와 시애틀에서 온 라이언의 영어와
나와 남자친구의 표준 한국어가 이리저리 뒤섞였다.

오른손 왼손 급하게 넘겨가며 뜨거운 김을 식혀낸 고구마와
차갑고도 달달한 막걸리 한 잔.
그런 술상을 앞에 두고 이야기를 주고받은 느낌이랄까.
조촐하지만 정겹고, 뜨끈하면서도 든든해져오는.

오래도록 기억하고 또 오래도록 기억되고 싶어서 할머니와
어느새 놀러온 옆집 할머니와 우리 셋은 다 함께 사진을
찍었다. 아쉽게도 페이스북도 인스타그램도 하지 않는
할머니를 위해, 우리는 근처 사진관에서 사진을 현상해
다시 할머니 집을 찾았다.

달달하고 힘 나는 막걸리 한 잔 같은 기억으로 남기를
바라면서, 쓸쓸할 때면 언제든 꺼내 기운을 차리실 수
있도록.
그 이후 막걸리를 마실 때면 이때의 에피소드가 종종

떠오른다. 정말로 할머니와 막걸리를 마시지는 못했지만,
할머니가 남겨준 기억과 함께 막걸리를 마시는 기분이랄까.

이럴 때의 막걸리는 어디서나 파는 국민 막걸리인 장수
막걸리. 막걸리를 위아래로 흔들어 잘 섞어준 후, 페트병의
배꼽 부분을 눌러 탄산을 뺀 뒤 침전물이 고르게 섞인
막걸리를 따라낸다. 이왕이면 다이소에서 천 원에 장만한
누런 양은 잔에. 사이다를 어림짐작으로 부어주고,
젓가락으로 돌돌돌 잘 휘젓는다. 호로록, 호로록.

할머니의 무병장수를 위하여 건배.

저금

시바타 도요

난 말이지, 사람들이
친절을 베풀면
마음에 저금을 해둬

쓸쓸할 때면
그걸 꺼내
기운을 차리지

너도 지금부터
모아두렴
연금보다
좋단다

《약해지지 마》(지식여행, 2010)

123

기쁘고 슬프고 사랑하고 추억하는

그 마음이 담기는 게 몸이라서

몸 좀 챙기란 말은

맘 좀 챙기란 말이 된다

몸이 마음의 저금통이라면

마음은 몸의 동전 같은 것

좁은 몸 배부르게

좋은 마음 가득 집어넣고도

돼지저금통처럼 웃을 수 있게

심심할 때마다 하나둘씩 꺼내볼 수 있게

모두 건강하게 삽시다

부디 장수합시다

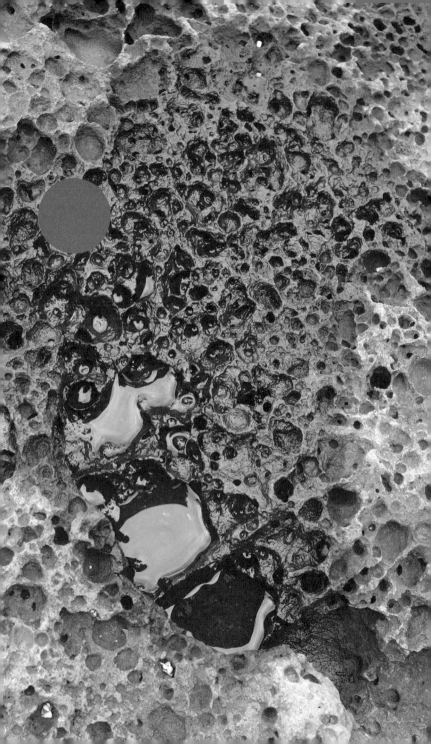

눈물이
고이는 곳에
사람이
있었다

정호승 〈장작을 패다가〉 + 화요

나는 아주 가끔, 어른이 된다. 소주잔을 처음 원샷하던 순간, 대학교에서 팀 대표로 발표를 하던 순간, 친구의 고민을 진지하게 들어주던 순간, 출근하기 위해 알람 수십 개를 맞추던 순간, 윗사람의 폭언에도 웃으며 자존심을 굽히던 순간, 이별을 통보받던 순간. 머릿속 어딘가에는 어른 스위치라는 게 있는 것 같다. 눈치도 썩 빠르지 못하고 어리광 부리기 좋아하는 나지만, 그 스위치를 있는 힘껏 누르는 순간만큼은 꽤나 '어른스럽게' 감정을 억누르곤 했다.

처음 화요를 마신 건, 어버버한 인턴이었을 때다. 술집에 데려간 선배는 메뉴판에서 '프리미엄' 소주라는 걸 시켰다. 소주면 소주지, 프리미엄은 뭐지? 빨간 뚜껑보다 더한 게 있나? 혼란스러워하던 내 앞에 두툼한 솥 안에 각종 모양의 어묵들이 낙낙히 들어간 나베와 딱 봐도 꽤나 비싸 보이는 술병이 놓여졌다.

흔한 초록색 소주병이 아닌, 내용물이 보이지 않는 검은색 도자기. 진짜 소주가 든 게 맞나 의심하며 묵직한 병을

들어 술을 따르는데, 천연 암반수와 쌀로 빚어내 옹기에서
숙성시킨 '증류주'라는 설명이 이어졌다. 그래서 평소
마시는 소주에서 느껴지는 화학약품 같은 알코올 향이
아니라, 증류주 특유의 원숙하면서도 깊은 곡물의 향을
느낄 수 있을 거란다.

'소주나 한잔 하자'는 말에 굽어져 있던 척추에 나도 모르게
힘이 들어갔다. 월급을 받으면 소주를 마셔도 이런 소주를
마실 수 있게 되는구나! 사회에 한 발 내딛은 진정한 어른이
된 기분이 들어 자못 경건한 마음으로 술잔을 넘겼다.

그 후로도 도수가 높은 술들을 접할 기회가 자주 왔지만,
그날의 기억 때문인지 화요는 지금도 '어른의 술' 같은
느낌이다. 술이야 당연히 어른이 마시는 것이지만, 허리를
곧게 펴고 마셔야 하는 술 같은 느낌이랄까. 그래서 다른
술들과 달리, 내 안의 어른스러움을 발견하고 싶을 때
마시는 술이기도 하다.
화요는 소주보다 도수가 높아 흔히들 토닉워터를

섞어 희석시켜 마시기도 하지만, 나는 토닉워터는커녕
얼음도 넣지 않고 그냥 마시는 걸 더 선호하는 편이다.
고도주(高度酒)를 맛있게 먹으려다간 그 맛에 속아 정신을
잃기 쉬우니까, 목을 찌르르하게 울리는 감각으로 정신을
붙잡아보는 것이다. 어른스럽게.

그렇게 마시다 보면 목이 아닌 다른 곳이 쿡쿡 쑤신다.
답지 않게 어른스럽게 술을 마시자니 탈이 난 걸까. 여전히
술잔에 손이 가는 걸 보니 술 때문만은 아닌데.

어른스럽게 행동할 수 있게 해주는 어른 스위치라는 게
있다면, 나는 있는 힘껏 스위치를 눌러대고 있었다. 어렸을
때의 나는 소위 말하는 '애어른'이었다. 말썽 피우거나
뭘 사달라고 조르는 법도 없었고, 주위 어른이나 친구를
붙잡고 울거나 힘든 일을 털어놓는 일도 없었다.

원래부터 어른스러운 아이는 아니었다. 다만 내가 해결할
수 없는 문제들은 잔뜩 벌어지는데, 내가 할 수 있는 거라곤

우는 것 혹은 어른스럽게 괜찮은 척하는 것밖에 없었다.
어렸을 때 엄마는 집을 떠났고, 아빠는 바빴고, 새엄마는
나를 싫어했다. 이런 상황에서 선택지가 두 가지뿐이라면
당연히 후자 쪽이다. 애처럼 울면 지는 것 같으니까.
연애할 때도 비슷했다. 무리한 요구를 할까 봐, 집착하는
것처럼 보일까 봐, 싫증 날까 봐. 멋있고 성숙한 여자친구로
남고 싶어 많은 것들을 애써 참고, 참았다. 헤어질 때조차
우는 얼굴을 보여주지 않으려고 했다. 애처럼 울면 어리광
부리는 것 같으니까.

그런데 대체 누구 때문에 내가 눈물을 참고 있는 거지?

술은 말이 없고 누구도 나에게 뭐라고 하지 않았는데,
애처럼 꺼억꺼억 소리를 내며 서럽게 울었다. 수면이
찰랑거릴 때까지 꾹 참고 있었던 눈물보에 화요 한 잔
부었더니 흘러넘쳐버렸다고 해야 할까.

애처럼 울고 나서야 알 수 있었다. 울어버리면 상처받았다는

사실을 인정해버리게 되는 것 같아서 겁이 났다는 걸.
북받치는 마음을 애써 누르기나 할 줄 알았지 정말로
마음을 내려놓을 줄은 몰라서, 그래서 울지 못했던 것이다.

술 때문에 부은 건지, 눈물 때문에 부은 건지. 부은 눈으로
끔벅거리는데 이번엔 이유 없이 웃음이 났다. 홀가분하기도
하고, 허무하기도 해서. 막상 울고 나니까, 울어버리고
나니까 별거 아니었던 거다. 세상에 달라지는 것 역시
하나도 없었다. 그나마 달라진 거라면 부어버린 내 눈과
조금 헐거워진 마음뿐.

그러니까 앞으로는 울고 싶을 때 울어버려야지. 참지
말아야지.

전혀 어른스럽지 않은 나에게,
어른스럽게 건배.

장작을 패다가

정호승

장작을 패다가
도끼로 발등을 찍어버렸다
피가 솟고
시퍼렇게 발등이 부어올랐으나
울지는 않았다
다만
도끼를 내려놓으면서
가을을 내려놓고
내 사랑을 내려놓았다

《눈물이 나면 기차를 타라》(창비, 1999)

오늘도 누군가는

술잔을 기울이고 있겠죠

슬펐다고 고생했다고

수고했다고 보고 싶었다고

하지만 기울어지는 게

어디 술잔뿐일까요

귀를 기울이고 몸을 기울이며

고개를 기울이다 마음을 기울이고

그렇게 기울어진 자리에는

늘 무언가 고이고 맙니다

찰랑거리는,

그래서 때론 넘쳐버리는

술 같은 것들

눈물 같은 것들

그래서 기울어지는 일은

쏟아내는 일이기도 합니다

단 한 번,

울음을 터뜨리기까지

우리는 얼마나 많은 술잔을

기울여야만 했는지

그럼에도 우리는

술병을 기울일 것입니다

서로가 서로에게 기울어져야만

함께, 기댈 수 있으니까요

3
마지막 대화
Last Conversation
2008 년 - 2014 년 초
대한민국, 서울

비워지는
술잔을
바라보는
일처럼

유희경 〈내일, 내일〉 + 민타임 초콜릿 포터

예감이라는 게 있다.

긴 시간 동안 짙게 배어든 연기로 원래는 하얀색이었던 벽과 천장이 고동색이 되어버린 집을 볼 때, 누추하고 작은 외관이지만 가게 이름이 굵고 커다랗게 쓰인 간판을 볼 때, 하루를 마친 아저씨들이 가게 앞에 편의점 테이블을 잔뜩 깔아놓고 열심히 음주를 즐기고 있는 장면을 볼 때. 가던 발걸음을 멈추고 홀린 듯이 그 가게로 빨려들어가버리고야 마는 것이다. 이 집은 분명 맛있을 거야, 라는 강한 예감이 드니까.

맥주를 고를 때도 그런 예감이 있다.

라벨에 쓰인 맥주의 기본적인 제품 설명을 읽어보아도, 사실 라벨에는 그다지 많은 정보가 적혀 있지는 않다. 복잡한 맥주 이름을 한국어로 어떻게 읽는지, 이 맥주가 어느 나라에서 생산되었는지, 어떤 스타일의 맥주인지, 원재료가 무엇인지 정도만 알 수 있을 뿐. 오히려 새로운 맥주에 손이 가게 하는 건, 몇 글자 적지 않은 제품 설명보다는 병의 형태나 색깔, 라벨과 병뚜껑 디자인일 때가 많다. 이러한

시각 정보만으로 한 병의 맥주를 다 알기엔 충분하지
않지만, 이상하게도 예감이 온다. 이 맥주는 맛있을 거라는.

좋아하는 술집을 찾고, 좋아하는 술을 찾아가는 과정은
즐겁다. 그리고 이 과정을 더 즐겁게 해주는 건 역시 함께할
수 있는 연인의 존재다. 맛있는 걸 먹는다는 것 자체도
좋지만, 상대방이 맛있는 음식을 음미하며 행복해하는
모습을 보는 것도, 서로의 본능적인 취향을 공유한다는
사실도 좋다.

무엇보다 행복한 건, 이런 과정들을 통해 몰랐던 내
취향뿐만 아니라 네 취향을 알게 되는 것. 두 손을 맞잡고
길 없는 길을 개척하는 느낌, 그러면서 서로가 조금씩 더
정교하게 맞춰진다는 느낌. 그래서 우리가 내일도 함께할
거라는, 막연하면서도 분명한 미래를 보는 것 같은 느낌.

어제와 변함없이 오늘도 함께 시간을 보낼 거라 생각하는
저녁.

그리고 아마 내일도 변함없을 거라 생각해보는 오늘 저녁.
오늘 우리 뭐 먹을까, 매번 그랬듯 네게 질문을 건네는 저녁.
너의 대답 한마디에 그 시간들은 사라지고 만다.

오늘은 좀 피곤해서, 오늘은 약속이 있어서, 오늘은 바빠서,
오늘은…….

그렇게 오늘이 어제가 되고, 내일이 다시 오늘이 될 때면
어쩌면 다시는 너와 함께 다정한 시간을 보낼 수 없을
거라는 예감이 든다.

괜찮아, 시간이 지나면 추운 계절이 되듯 관계도 식어가는
거니까.
괜찮아, 그것조차 자연스러운 사랑의 한 모습일 테니까.

그렇게 애써 괜찮다고 말하고 홀로 집으로 돌아온 저녁.
있는 대로 괜찮은 척을 해도 하나도 괜찮지 않을 때, 달지
않은 인생에 조금의 달달함을 더하고 싶을 때. 그저 맛있는

맥주 한 병에 마음을 기대고 싶은 기분으로 고른 맥주는
정말로 초콜릿이 들어 있는 '민타임 초콜릿 포터(Meantime
Chocolate Porter)'.

밑면이 넓고 주둥이가 긴 독특한 모양의 맥주병은 다른
맥주에 비해 눈에 띈다. 사두지 않고는, 마셔보지 않고는
배길 수 없는 모양이다. 기분 좋게 꺼내 잔에 따르면,
'초콜릿 포터'라는 이름답게 다크 초콜릿을 알코올에 녹여낸
듯 짙은 고동색의 맥주 위로 옅은 브라운색의 거품이
올라온다.

아, 은은하게 올라오는 초콜릿 냄새.

잔에 코를 가까이 대고 있는 힘껏 숨을 들이쉬자 달달한
기운이 머릿속을 꽉 채우는 것 같다. 기분 좋게 들뜬 마음을
안고, 한 모금 마신다.

어라. 내 맘을 달래줄 진한 초콜릿을 기대했는데, 막상

나를 반기는 건 생각보다 가볍고 쌉싸름한 포터(Porter).*
초콜릿처럼 달 줄 알았는데 커피처럼 쓰고, 진할 줄
알았는데 가볍다.
맥주 하나조차, 세상 참 내 뜻대로 되는 게 없지.
그렇지만 맛있다고 생각한다.

비워지는 맥주잔이 마치 우리 관계 같다는,
그리고 이 잔을 다시 채울 수 없을 거라는,
그런 예감을 하면서도,

너와 함께 마시고 싶다고 생각한다.

* 포터(Porter): 짐꾼이라는 뜻을 가진 영국식 흑맥주.

내일, 내일

유희경

둘이서 마주 앉아, 잘못 배달된 도시락처럼 말없이, 서로의
눈썹을 향하여 손가락을, 이마를, 흐트러져 뚜렷해지지
않는 그림자를, 나란히 놓아둔 채 흐르는

우리는 빗방울만큼 떨어져 있다 오른뺨에 왼손을 대고
싶어져 마음은 무럭무럭 자라난다 둘이 앉아 있는 사정이
창문에 어려 있다 떠올라 가라앉지 않는, 生前의 감정 이런
일은 헐거운 장갑 같아서 나는 사랑하고 당신은 말이 없다

더 갈 수 없는 오늘을 편하게 생각해본 적 없다 손끝으로
당신을 둘러싼 것들만 더듬는다 말을 하기 직전의 입술은
다룰 줄 모르는 악기 같은 것 마주 앉은 당신에게 풀려나간,
돌아오지 않는 고요를 쥐여 주고 싶어서

불가능한 거리는 아무 말도 하지 않는다 당신이 뒤를
돌아볼 때까지 그 뒤를 뒤에서 볼 때까지

《오늘 아침 단어》(문학과지성사, 2011)

여기,

까지다

벌어진

상처처럼

어쩔 수 없는

쓰라릴

수밖에 없는

말

우리는

결국

여기까지다

내일
지구가
멸망해도
우리는 오늘
헤어져야만
하다니

오은 〈미시감〉 + 슈나이더 바이스 탭 6

헤어지자고 넌 말했지만 말이야.

전대미문의 바이러스가 생겨서 좀비 사태가 발생한다면 넌
나를 구하러 오지 않을까?

갑작스레 전쟁이 터져서 대피해야 하는 상황이 생기면 넌
나를 떠올리지 않을까?

운석 파편이 떨어져서 아홉시 뉴스에 우리 아파트가
등장하면 넌 나에게 연락하지 않을까?

60만 수험생의 운명을 좌지우지하는 수학능력시험조차
정답 발표 후에 다시 번복하잖아. 지금 네가 우리 만남에
이별이라는 답을 적어냈지만 아무리 그래도 빠져나갈 아주
작은 구멍 하나쯤은 있지 않을까.

바보 같은 생각을 하면서 집으로 돌아가는 길.

버스에 가득 들어찬 사람들의 낯선 면면을 바라보았다.

그중 하나가 너인 것 같았다. 헤어지자고 말하던 네 얼굴과
버스에서 무표정하게 휴대전화를 보고 있는 사람의 표정이
크게 다르지 않은 것 같다는 생각에 속이 울렁거렸다.

내 눈앞에 있는 모든 것이 너인데, 네가 아니다.
네가 아닌 것 같은데, 너다.

헤어지는 날 버스를 타는 것과 그냥 버스를 타는 건
다르구나. 도망치듯 집으로 돌아와 맥주를 땄다.
사람의 뇌세포는 하루에 10만 개 정도 죽고, 술을 마시면
더 죽고, 단기기억을 장기기억으로 바꿔주는 해마가
좀 더 손상되고, 그러니까 이 순간도 그냥 머릿속에서
사라져버렸으면.
그런데 맥주는 참 눈치 없게도 맛있다. 잃으려고 했던
정신이 반대로 번쩍 뜨인다. 한 모금 마셔보고 또 한 모금
마셔보고, 라벨을 다시 확인해본다. 헤어지자는 말을 하던
네 얼굴을 다시 들여다보던 순간처럼.

2012년에 만든 슈나이더 바이스 탭 6(Schneider Weisse Tap
6)를 4년 동안 묵힌 빈티지 맥주.
빈티지가 아닌 탭 6 역시 부드럽고 맛있지만, 4년이란
시간이 지난 빈티지는 그 세월이 맥주에 담겨 전혀 새로운

맛을 낸다. 와인이나 위스키처럼 몇 년씩 묵혀서 마시는 게
더 맛있는 맥주다.

4년 묵혀서 이렇게 맛있어졌다면, 더 기다리면 어땠을까.
더 기다리지 못하고 맥주를 열어버린 내 마음이
더 기다리지 못하고 끝내 이별을 고한 네 마음과 비슷한
것도 같아서, 차마 넘어가지 않는 맥주를 간신히 삼켰다.
코를 찌르는 달큰한 건자두 향과 혀를 찌르는 쓰고, 달고,
시고, 어딘가 눅진한 맛.

맥주도 사람도 시간이 지나면 달라지는구나, 새삼 깨닫는다.
이제 내일의 넌, 내일모레의 넌, 몇 년 후의 넌, 내가 절대 알
수 없는 사람이 됐다.

그러니까 좀비들이 들끓고 전쟁이 터지고 운석이 우리 집에
내리꽂혀도, 넌 나에게 연락조차 하지 않을 것이다.
헤어졌으니까.

미시감

오은

그런 법이 어디 있어요?
사람이 울며불며 매달린다

여기 있습니다
사람이 무덤덤하게 대답한다

없던 법이 생기던 순간,

몸이 무너졌다
마음이 무너졌다
폭삭
억장이 무너졌다

여기를 벗어난 적이 없는데
단 한 번도 여기에 속한 적이 없는 것 같았다

처음처럼 한결같이 서툴렀다

사람이 사람을 에워싼다
둘러싸는 사람과 둘러싸이는 사람이 있다
아무 말도 하지 않는다

사람이 사람을 어색해한다
사람인데 사람인 게 어색하다

여기서 울던 사람이
길에 매달려 가까스로 걷는다
집이 이 근처 어딘가에 있을 것이다

집에 가는 길에 사람이 사람을 만난다
익숙한 냄새가 난다
안녕
어떤 말들은 안녕하지 않아도 할 수 있다

속이 상한 것은
겉은 멀쩡하기 위한 거지

겨우내 겨우 내가 되었다고 생각했는데
봄은 꽝꽝 얼어붙어 있었다

푹푹 꺼지는 땅 위에 사람이 서 있다
여기에 속하지 못한 사람이
여기에 있다

이런 사람이 어디 있습니까

여기 있습니다
여기 있을 겁니다

《유에서 유》(문학과지성사, 2016)

물이 끓는다

라면을 먼저 넣고 스프를 넣을까
스프를 먼저 넣고 라면을 넣을까

무엇이 먼저라도
나는 라면을 먹게 될 것이다

맛있거나
맛없거나

어떻게 끓여도
라면은, 라면이었다

우리가 오늘
헤어진 게 아니라면
아니라면

아니

라면

어떻게 헤어져도

이별은, 이별이었다

그럼에도

우리가 오늘

헤어진 게

아니

라면

이를테면
똥차
같은 거

임경섭 〈이를테면 똥 같은 거〉 + 올드 라스푸틴

이별을 고한 네가 떠난 자리에 덩그러니 남은 내 마음을
표현한다면, 온갖 진상이 난무했던 술자리에서 간신히 깬
아침.

바닥에 아무렇게나 굴러다니는 술병들과 식어서 지저분한
냄새를 풍기는 안주들과 하필이면 카펫 위에 흩어진 과자
부스러기들, 그리고 정체를 알 수 없어 더 찝찝한 자국들.
술잔은 왜 있는 대로 다 꺼낸 건지, 싱크대에도 설거지
거리가 한가득이다.

술자리도 혼자 다 치우려면 한숨만 나오는데, 사람 일은
어떻겠어. 심지어 혼자 어지른 것도 아닌데, 누구도 함께
치워주지 않는다.
너의 흔적으로 진창이 된 마음의 방에서 너를 덜어내고
지워내는 일은 아무래도 쉽지가 않다. 분명 사랑으로
시작한 연애인데, 연애가 끝난 자리에는 행복했던 추억보다
아름답지 않은 기억과 짓눌린 감정들만이 엉망으로 뒤엉켜
있다.

하지만 맥없이 자리를 털고 일어나 주섬주섬 정리하듯
이리저리 어질러진 감정을 수습하는 데 전념하는 것
외에는 달리 방도가 없다. 언제고 일상을 비집고 올라올
기회를 엿보는 것 같은 미련과 슬픔, 분노까지도 깨끗이
수거해버리기 위해서는.

허전하지만, 오히려 후련한 것도 같다. 버리긴 아깝고
쓰기엔 마땅치 않아 묵혀뒀던 물건을 마침내 버렸을 때의
속 시원함, 그래서 좀 더 넓어진 방을 볼 때의 쾌적함 같은
것일까.

홀가분히 빈 그 자리에 나를 위한 것들로 가득 채워보기로
했다. 온전히 내 것이 된 주말을 위해, 주말 오후를 온전히
다 보내야 하는 도자기 굽기 클래스를 등록했다. 그리고
집에는 맥주를 한가득 쟁여둔다. 맛있는 맥주를 사면 함께
마시고 싶어지던 '너'는 이제 없다. 그러니까 이 맛있는
맥주들은 처음부터 마지막 한 모금까지 온전히 내 것이다.
너를 위한 것이 아닌 나만의 시간을 더 소중하게 보내야지,

다짐한다.

맥주는 상할 염려가 없으니 얼마든지 쟁여두고 마셔도
좋지만, 왠지 오래두면 김이 빠질 것 같은 라거나 IPA보다는
도수가 높고 실온에 두고 마시면 더 맛있는 흑맥주를 가득
사둔다.

그러고 보면 내가 흑맥주를 좋아하게 된 계기도,
기네스 맥주를 유난히 좋아하는 너 때문이었는데.

치운다고 치워도, 이렇게 남는 흔적들이 있다.
못이 박혔던 자국이나 장판이 눌린 자국처럼, 마음에 깊게
파인 상처를 미처 메꾸지 못했을. 텅 비어버린 자리에
드문드문 쌓이는 먼지 같은 감정을 마주할 때.
혹은 다 비워냈다고 생각한 너의 일부가, 지금처럼 예상치
못한 곳에서 불쑥 등장할 때.

하지만 기네스가 흑맥주의 전부는 아니랍니다.

그런 것도 모르면서.

이제 나 혼자서도 즐겨 마시게 된 첫 흑맥주는, '올드
라스푸틴(Old Rasputin)'.
맥주 라벨 한가운데에는 왠지 섬뜩하게 느껴지는
'라스푸틴'의 얼굴이 고풍스럽게 그려져 있고, 그 얼굴
주변에는 '진정한 친구는 한 번에 사귈 수 없다'라는 문구가
러시아어로 적혀 있다. 최면술로 러시아의 마지막 왕조를
파탄으로 이끈 성직자의 초상 밑에 쓰여 있으니 아주
교훈적이랄까, 마치 나한테 주는 라스푸틴의 마지막 경고
같달까.

진정한 관계는 한 번에 얻을 수 없다는,
그러니 너에게 걸려 있는 최면술 같은 콩깍지 따위는 얼른
벗어버리라는.

올드 라스푸틴은 라벨 디자인도 예쁘지만, 그냥 흑맥주라고
말하기에는 아쉬운 제대로 된 임페리얼 스타우트(Imperial

Stout)*다. 편의점에서 마시는 기네스에선 잘해야 커피 향이
조금 느껴지는 정도라면, 올드 라스푸틴에서는 에스프레소
더블샷 정도 되는 진하면서도 달콤한 향이 코를 찌른다.
짙은 베이지색의 부드러운 거품 사이로 밀려오는 걸쭉한
검정색 액체를 쭉 들이켜면, 진한 에스프레소에 다크
초콜릿을 녹인 듯 옅은 단맛 위로 홉의 강한 쓴맛이 혀를
강하게 누른다.

누군가와 함께 마셨던 흑맥주의 기억까지도 휩쓸어버리는,
진하고 강렬한 액체.

다 마셔버려야지,
그리고 똥으로 배출해버릴 거야.

* 평균 8~13도의 고도수로, 검은 맥아 맛이 강조된 맥주.

이를테면 똥 같은 거

임경섭

지금은 개똥을 치우는 시간

네가 놓였던 자리
선명한 자국

이걸 너라 해야 할까
너의 흔적이라 해야 할까?

나는 조심스럽게 질문을 주워담고
화장실로 간다

휴지에서 묻어나온 네가 손에 약간 묻는다
내 일부가 너에게 살짝 묻는다

지문이랄지 발자국이랄지
창에 서리는 입김 같은 거

언제부턴가 흔적을 지우는 습관이 생겼고
나는 그것을 공생이라 불렀다

우리 사랑이 끝날 때쯤이면 더 이상
너의 습관 안으로 내가 걸어들어갈 일은 없겠지

다음 똥은 둥글게 몇 번 찍어봐야지
너는 환하게 꽃으로 피어날 테니까

물을 내리고 화장실 문을 열자
큰 소리를 내며
내가 변기 속으로 빨려들어간다

《죄책감》(문학동네, 2014)

171

텅− 빈 방에 홀로 남겨진 밤

텅− 빈 모든 걸 견딜 수 없는 밤

맵거나 짜거나

기름지고 느끼한 것들을

한 입, 또 한 입

족발과 떡볶이, 너를 좋아해

라면과 치킨, 당신을 사랑해

사랑해서 네 입을 맞추고

기꺼이 내 속을 너로 채우고

여긴 내 가슴이고

거긴 내 배야

네가 나를 쓰다듬으며

지나간다

더부룩하고 무거워진 나는

변기 위에 앉아 무언가를 흘려보낸다

나를 훑고 지나간, 너의 흔적 같은 것을 본다

만나기 전 고민하고

만나면서 행복하고

만났어서 후회하는

그럼에도

야식을 먹는 밤이 있다

너를 흘려보내는 밤이 있다

나의
슬픔을
당신이
알아줬으면

이규리 〈아직도 숨바꼭질하는 꿈을 꾼다〉 + 청하

PT를 시작했다. 트레이너 선생님 말씀하시길, 술과 안주 중
하나를 선택한다면 차라리 안주를 먹으라고. 안주를 먹으면
평소보다 더 먹었다고 생각하고 열심히 운동하면 되지만,
술을 먹으면 모든 근력 운동이 수포로 돌아간다고 했다.
허벅지가 빵빵하게 불타 한 줌 재로 아스라져버릴 것만
같던 지옥의 스쿼트를 떠올리자 술맛이 뚝 떨어졌다. 그래,
오늘 술자리에선 물만 마시자.

남자친구의 친구들과 함께하는 술자리. 모두들 다행히도
PT를 시작한 지 일주일이 채 안 되는 나를 배려해준
덕분에, 내 소주잔엔 투명한 물이 출렁였다. 술자리에서
술을 마시지 않는다는 건 곤욕스러운 일이기도 하지만
스스로에게 최면을 걸 듯 소주병을 바라보며 물을 들이켰다.
후후, 아무리 마셔도 취하질 않는군. 무협지에선 무공
실력이 극에 달한 고수들은 술을 마셔도 주기를 날려버리곤
하던데, 마치 내가 그 주인공이 된 기분.

다들 맥을 못 추고 알코올에 젖어 들어가는 장면을

가소로워하며 지켜봐야지…… 라고 결심한 지 어느덧 다섯
시간째. 소주병과 맥주병이 나뒹굴고, 삼다수 페트도 다섯
병째 비워내던 시점.
다섯 시간이면 그냥 앉아만 있어도 찌뿌둥해질 시간인데,
아니나 다를까 갑작스레 (술을 마실 만큼 마셨으니
'자연스레'라는 표현이 더 맞으려나) 한 명의 취기가 잔뜩
오르면서 나를 제외한 모두에게 불만을 토로했고,
아슬아슬한 줄타기를 하듯 각자의 목소리들이 진동하기
시작했다. 가만히 들어봤더니, 그 친구의 불만은 이랬다.

너희는 나에게 관심이 없고, 너희가 정말 싫고, 너희를
싫은 척해야 되는 내가 싫고, 사회적으로 안정된 너희들은
오이절임이 들어간 샌드위치나 먹으면서 울던 나의 시간을
알 수가 없고, 만약 나한테 잘나가는 지인이 없었다면
너희는 나한테 연락을 하지 않았을 거고…….

자신의 서운함과 슬픔과 외로움과 분노가 한데 뒤섞여
생생하게 터져 나오는 장면에 나는 할 말을 잃었다. 아무리

취했지만 왜 저러나 싶은 생각도 들었다. 저렇게까지
말하면서 싸울 일은 아닌 것 같은데. 상식적으로 '친구'들이
그렇게 생각할 리 없잖아. 그냥 너무 취해서 싸우는 건가?
난 내 친구들이랑 싸워본 적 없는데.

취해도 저런 말을 하지 못했던 내가 떠올라, 난 왜 저러지
못했나 하는 생각도 들었다. 난 정말, 친구들한테 서운한
적 없나? 서운한 소리를 하는 게 겁나는 거 아니야? 나의
약점을 그대로 보여주는 게 무서운 거 아니야? 그런 말조차
하지 못하는 나야말로 내 친구들을 못 믿는 거 아니야?

마음을 숨기고 있었는데 알아봐주지 않은 상대에 대한
서운함, 숨기고 있었는데 어떻게 찾아내냐며 졸지에 술래가
된 사람의 억울함이 뒤섞인 대화들.
마치 잘못 끝나버린 숨바꼭질을 두고 아웅다웅하는
아이들을 바라보는 기분이 되어 조금 당황스러웠다.
왜 저러나, 하는 의문과 나는 왜 저러지 못할까, 하는
의문이 이어지면서 어떤 놀이에도 끼지 못한 깍두기가

되어버렸다는 생각이 들어서.

친구들한테 저렇게까지 말해도 되는구나.
친구들이 그 말을 듣고 화도 내지만, 아니라고
달래주는구나.
무슨 일이 있어야만 어떤 사이가 되는 건 아니지만, 감정을
나눈다는 건 저런 거구나.

어렸을 땐 쉬웠던 것 같은데.
아프면 울고, 서운하면 삐지고, 갖고 싶으면 떼쓰고,
화나면 돌아서고. 심지어 친구를 달래주기 위해 종이
한가득 '미안해'라고 써서 줬던 적도 있었다. 그렇게
미안하다기보단, 이렇게 친구를 좋아하는 내 마음을
보여주고 싶어서.

그러지 못했던 게 언제부터였는지 모르겠다. 친구들과
싸우지 않는다는 사실을 언제부터 자랑스럽게 말할 수 있게
되었는지 모르겠다. 티를 덜 내고 감정을 참고 내 자신을

속이는 게 언제부터 어른스럽다고 말할 수 있게 되었는지
모르겠다.

너무 꼭꼭 숨는 건 숨바꼭질이 아닌데, 이러다 잊혀질지도
몰라. 영원히 어떤 놀이에도 끼지 못하는 깍두기로
남아버릴지도 몰라.

우습게도 나는 정말 조급한 마음이 들어, 친구들에게
카톡을 날렸다. 청하 콜?

글쎄, 너희들은 번번이 소주만 마시지만…….
그럼 나는 또 비겁하게 취기 뒤에 숨어버릴 테니까.
적당히 부담이 없는 청하를 윤활유 삼아, 마셨다는 것
자체를 핑계 삼아 너희들에게 주정을 부리려고 해.

그러니까 청하 콜?

아직도 숨바꼭질하는 꿈을 꾼다

이규리

이대로 깜빡 해가 질 텐데
누가 나 좀 생각해주면 안 되겠니

너무 꼭꼭 숨어버려 너희는 나를 잊은 채 새로 놀이를
시작했겠지만
시간이 지나면 나갈 수 없잖아
벗겨놓은 바나나가 시꺼멓게 변할 텐데

적당히 들켜줄걸 그랬어
들켜주고 즐거울걸 그랬어

그렇기도 해
너무 꼭꼭 숨는 건 숨바꼭질이 아니지

놀이는 또 다음으로 넘어가고 있는데

선생님은 수업이 시작될 때까지 나를 호명하지 않았고……

내 차례는 더 이상 오지 않았어요

어서 가서 감자 넣은 갈치조림을 먹고 싶어

붉은 매운 양념을 먹고 싶어

포도나무가 어두워지기 전에,

《최선은 그런 것이에요》(문학동네, 2014)

"꼭꼭 숨어라 슬픈 표정 보일라"

어른이 되어서도

숨바꼭질은 계속됩니다

참고 버티고 견디면서

마음 어딘가에 눈물을 꼭꼭 숨겨놓죠

아닌 척, 괜찮은 척, 씩씩한 척

슬퍼도 슬프지 않다고

알아서 척척

하지만 마음은

생각보다 훨씬 작고 좁은 곳,

무엇도 영원히 숨길 수 없습니다

그래서 우리는

눈물을, 외로움을,

서러움을, 슬픔을 찾아줄

술래를 기다렸는지도 모르겠습니다

숨바꼭질은

잘 숨어야만 재미난 놀이는 아니니까

잘 찾아내고, 잘 들켜주는 놀이기도 하니까

애써 숨어버리지 않는,

헐렁한 숨바꼭질을 종종 즐겨보는 건 어떨까요

오늘은

눈물을 들켜도 좋을 당신의 술래와

술 한잔 할 수 있는 밤이 되길 바랍니다

오늘도
난
지각입니다

함민복 〈동막리 161번지 양철집〉 + 대장부

취직하고 얼마 지나지 않아 강아지를 키우게 됐다. 아는
분이 지방에서 친척이 키우는 개가 새끼를 여덟 마리쯤
낳아서 그중 한 마리를 데려왔는데, 그분 사정이 여의치
않게 되어 받아온 강아지였다. 사소한 물건 하나를 살
때도 이것저것 재보며 한참을 고민하다 구매하는 나인데,
왜 고민도 않고 그 강아지를 받겠다고 했는지 아직도
아리송하다. 심지어는 강아지에 대한 별다른 정보도 몰랐다.
그저 강아지 얼굴이 나온 사진 한 장 보았을 뿐(심지어 까만
강아지 형제자매들의 얼굴만 다닥다닥 붙은 사진이라 구분도
가지 않았다). 품종도 별다를 게 없었다. 수의사도 무슨
종인지 도통 모르겠다고 하는, 그야말로 대를 이어 섞이고
섞인 한국 똥개니까.

동물을 키우는 건 쉽지 않은 일이다. 돈도 돈이지만 시간과
관심과 애정을 쏟아야만 하는 일들이 잔뜩 기다리고
있다. 문제는, 난 그걸 몰랐다. 다만 취직하고 월급을 받기
시작하면서 한국 아이 하나와 외국 아이 하나를 후원하기
시작했는데, 강아지를 키우겠다고 막연히 결정한 것도

마찬가지 이유에서였던 것으로 기억한다. 안정적인 벌이가
생겼고, 사회의 일원으로서 내가 세상에 끼칠 수 있는
영향력이 사소하게 늘어났고, 그러니까 그 힘으로 다른
누군가를 행복하게 할 수 있었으면 했다. 이제야말로 나
역시 누군가를 책임질 수 있다는 걸 증명하고 싶었다.
그러다 보면 정말 그런 사람이 되지 않을까 하고.

내가 누군가를 행복하게 할 수 있는 사람이었을까.

바들바들 떨던 강아지를 처음 본 순간이 선명하게
떠오른다. 잔뜩 겁먹어 눈에 띄게 다리를 오들거리고,
이리저리 눈만 굴리던 새까만 강아지. 세상에 태어나
고작 4개월을 살았다는 강아지. 강아지인데도 다리가
길쭉길쭉하고, 얼굴은 동글동글 어려서 아기 흑염소같이
생긴 강아지.

태어나 처음 보는 그 새까만 동물을 보았을 때의
당혹스러움은 내가 전혀 예상하지 못했던 것이었다. 어……

아직 이름을 생각 안 해뒀는데. 내가 정신을 차릴 새도 없이,
잔뜩 겁먹은 새까만 강아지가 마치 나를 기다렸다는 듯
달려들어 얼굴을 핥기 시작했다.

따뜻한 숨과 축축한 혀, 그리고 조그만 몸에서 세차게
전해지는 심장박동.

이름 없는 이 아이에게 이름을 지어주어야지, 그 이름을
가르쳐주어야지, 죽을 때까지 그 이름으로 불러주어야지.
준비되지 않은 내 마음속으로 불현듯 그 까만 동물이
뛰어든 순간이었다.

그 새까만 강아지를 '똘맹이'라고 이름 붙인 이후로 4년이
지났다(가끔 똘맹이 나이가 헷갈릴 땐, 내가 회사를 다닌
햇수를 생각해보면 계산이 쉽다). 이제 내 이불엔 털어도
털어도 똘맹이의 까만 털이 항상 잔뜩 묻어 있고, 내
침대 위엔 베개가 두 개 놓여 있고, 바닥엔 이리저리 놓인
장난감들이 밟힌다. 함께 살아가는 햇수가 더해질수록,

내 방엔 똘멩이의 흔적들이 진해진다. 내 방의 주인은
내가 아닌 똘멩이 같다는 생각도 든다. 하루의 대부분을
회사에서 보내는 나보다, 똘멩이가 집에서 보내는 시간이 더
기니까.

난 똘멩이를 행복하게 해주고 있을까. 똘멩이는 행복할까.

누군가에게 '행복하냐'고 묻는 건 어렵다. 행복하지 않다는
대답을 들을 수도 있으니까. 그래서 멀쩡한 정신에는 그
질문이 차마 입 밖으로 나오지 않는다. 적어도 소주 몇
잔은 들어가줘야, 조금은 취한 척 입안에만 맴돌던 질문을
뱉어보는 것이다.

아무리 살 부대끼고 사는 강아지라지만, 그건 똘멩이에게도
마찬가지다. 말 못하는 강아지라고 쉽게 질문할 수는 없다.
그러다 진짜 대답하면 어떡해. 심지어 아니라고 하면
어떡해.

개 키우는 주인들은 일어나지도 않을 일을 두고 미리
고민하고 걱정하는 법.
그러니까 만약 똘멩이가 행복하지 않다고 대답한다고
가정해보았을 때, 그럴 만한 이유는 크게 두 가지다.

첫 번째는 기다림. 사람과 강아지의 시간은 다르게
흐른다는 것부터가 비극의 시작이다. 사람에게는 1년이라는
시간이 강아지에겐 7년이 흐르는 것과 같게 느껴진다고
한다. 제멋대로 데려다놓은 집에서 인생의 대부분을 나를
기다리며 보낼 똘멩이가 과연 행복하다고 할 수 있을까.

두 번째 이유는 좋아하는 걸 모두 함께할 수는 없다는 것.
강아지는 인간의 기호식품(예를 들면 술이라든가)을 함께
즐길 수 없다. 강아지들은 알코올 분해 효소가 없어서
핥기만 해도 치명적일 텐데, 내가 집에서 홀짝이고 있으면
똘멩이는 이게 뭔지도 모르고 달라고 떼쓰기만 한다. 네
입장에선 혼자 맛있는 거 먹는 못된 엄마일 테지.

시詩   alcohol

상상 속에서만 건네던 질문을 입 밖으로 내뱉은 건 역시나 집에서 술을 홀짝이던 날이었다. 혼술하면서도 마치 누가 강권한 술을 들이켠 듯 사정없이 취할 때가 있는데, 그날이 그랬다. 알코올 향이 진해서 아무래도 알아서 조심하게 되는 희석식 소주와는 달리, 도수는 더 높으면서도 알코올 냄새보단 고소한 곡물 냄새가 나는 증류식 소주를 마실 땐 좀 더 너그러워져서일까. 소주 이름부터 '대장부'라 잔을 넘기는 기운도 호탕해져서일까.

깔끔하고 부드러운 맛에 소주잔을 넘기는 속도가 점점 빨라질 때쯤, 날숨이 고소한 쌀 향으로 가득 찰 때쯤, 언제나처럼 너 혼자만 맛있는 거 먹냐며 시위하듯 옆에 앉아 있는 똘멩이에게 물었다. 똘멩이를 데려오기로 맘먹은 그날처럼, 별생각 없이.

똘멩아, 행복해?

술 마시면 개가 되니까 개가 된 나와 똘멩이는 대화가

가능할 수도 있다고 생각했는데, 여전히 똘멩이는 말이
없었다. 어떻게 해도 똘멩이는 말을 할 수 없고 난 대답을
들을 수 없으니 다행이라고 조금은 비겁하게 생각한 순간,
똘멩이가 고개를 양옆으로 갸웃거렸다.

뭔 개소리냐는 걸까, 개는 자기니까 난 그러지 말라는 걸까.
쓰다듬기 위해 반사적으로 내민 손에 기분 좋게 귀를
젖히는 똘멩이를 보며 눈물이 났다.
말로 꺼내지 않아도 난 네게 계속 물어보고 있었구나.
그리고 넌 그때마다 대답해주는구나.

진짜 대장부는 술도 아니고 널 데려온 나도 아닌,
무한한 애정을 품은 강아지 똘멩이였다.

동막리 161번지 양철집

함민복

바다가 보이는 그 집에 사내가 산다
어제 사내는 사람을 보지 못했고
오늘은 내리는 눈을 보았다

사내는 개를 기른다
개는 외로움을 컹컹 달래준다
사내와 개는 같은 밥을 따로 먹는다

개는 쇠줄에 묶여 있고
사내는 전화줄에 묶여 있다
사내가 전화기줄에 당겨져 외출하면
개는 쇠줄을 풀고 사내 생각에 매인다

집은 기다림
개의 기다림이 집을 지킨다

고드름 끝에 달이 맺히고

추척, 고드름 떨어지는 소리에 개가 찬 귀를 세운

몇

날

전화기 속 세상을 떠돌다 온 사내가 놀란다

기다림에 지친 개가 제 밥을 놓아

새를 기르고 있는 게 아닌가

이제

바다가 보이는 그 집의 주인은 사내가 아니다

《눈물을 자르는 눈꺼풀처럼》(창비, 2013)

大丈夫

한국어로는 '대장부'

건장하고 기개가 씩씩한 사람

일본어로는 '다이죠부'

'괜찮다'라는 뜻

그래서일까요

'괜찮다'란 말은 대장부들에게

꽤나 잘 어울리는 말인 것 같습니다

외롭고 힘들고 괴로운

괜찮지 않은 모든 일에

괜찮다

괜찮아요

괜찮습니다라며

꿋꿋이 버텨내는 존재들

그러고 보면 우리 집에도

대장부 한 마리가 살고 있습니다

아침마다 나와 이별해도

저녁마다 나를 반겨주는

까만 강아지 한 분이 계시거든요

오늘도 늦어서 미안하다며

현관문을 여는 나에게

괜찮다고 꼬리를 살랑살랑

하지만 괜찮다며 내게 웃어주기까지

당신은 얼마나 괜찮지 않았을까요

그러니까 우리,

주변의 대장부들을 종종 안아줍시다

괜찮다고 말하느라 수고했다고

괜찮지 않다고 말해도 괜찮다고

늘 다이죠부라고

꼬옥—

나를
중2병이라
부른다면,
너는
돌팔이다!

최승자 〈내 청춘의 영원한〉 + 참이슬 클래식(레드)

술을 좋아하는 사람들은 자신의 주량을 증명하고 싶어
하는 경향이 있다. 좋아하면서 동시에 잘하고 싶고,
이것만큼은 누구한테도 지지 않고 싶은 마음이랄까.
나 역시 주량이 대단한 편은 아니지만, 최소한 '그런대로
술 마실 줄 아는 사람' 정도로는 기억되고 싶다. 하지만
안타깝게도 술을 있는 대로 마시는 것 말고는 딱히 증명할
방법이 없는 데다 그럴 때면 모두가 만취해 누구도 내
주량의 증인이 되어주지 않는다. 그래서 그 아쉬움을
해결해보기 위해 몇 가지 방법을 생각했다.

술 약속은 우선 장소부터 술 냄새가 짙게 배어 있을 것
같은 곳으로 잡는다. 을지로에는 같은 자리에서 몇십
년째 영업해 허름해질 대로 허름해졌지만 세월이 그 맛을
증명해주는 노포들이 여럿 있는데, 그중에서도 소주샘을
강하게 자극하는 감자탕집을 추천한다. 나이와 맞지 않게
오래된 단골손님인 듯 익숙하게 탕 하나를 시키고, 이 말을
덧붙여보자.
"빨간 딱지 하나요."

빨간 딱지란, 소주 중에서도 뚜껑이 빨간색인 '참이슬
클래식'을 가리키는 말이다. 아는 사람들만 아는 은어를
사용하는 느낌인 데다 일반 소주보다 도수 높은 소주를
주문한다는 점에서, '나 술 좀 마셔'라는 의기양양함을
은밀하게 드러낼 수 있다. 주로 어르신들이 좋아하는 술로
알려져 있기 때문에 '오리지널 소주의 맛을 아는' 간지도
더할 수 있다.

소주 뚜껑을 돌리기 전 눈에 확연히 꽂히는 새빨간 색은
마치 독극물의 경고문 같은 느낌이다. 경고문 따위는
무시하고 당당히 무단 침입하는 기분으로, 따다닥 뚜껑을
돌려보자. 기분은 으쓱하지만, 맛은 기대하지 마시라.
과학실의 알코올램프를 그대로 마신 듯한 맛이다. 알코올을
들이부은 듯한 액체에 점차 얼떨떨, 알딸딸해지는 정신을
이리저리 붙잡아야 하는 술이다. 하지만 첫 잔은 과감하게
원샷하고, 있는 대로 '크으' 소리와 함께 최대한 알코올
가스를 밖으로 내뿜으며 말해보자.
"아, 이 맛이야!"

206

두 번째 방법 역시 빨간색 '참이슬 클래식'을 마시는 건데,
이번에는 형태가 조금 다르다. 편의점에 들어가 초록색
병에 든 소주가 아니라, 종이팩에 담긴 팩소주를 골라보자.
보통 해외여행을 떠나는 사람들이 소주가 그리워 많이
구입하지만, 지금 당장 필요하다는 듯 한 팩만 계산하는 거다.

팩소주는 얼핏 봐서는 '빨간 딱지'처럼 강렬한 무언가는
느껴지지 않는다. 하지만 팩이라고 하면 보통 사과주스나
두유, 초코우유 같은 게 담겨 있어야 마땅한데, 알코올 도수
20도의 소주가 안에서 찰랑거리고 있을 거라는 아이러니가
주는 강렬함이 있다. 게다가 빨대까지 붙어 있다. 빨대를
입에 물고 쭙쭙 들이켜는 어린아이의 모양새로 쓴 소주를
마셔야 하는 것이다. 빨대로 술을 마시면 평소보다 더
빠르게 취하기까지 한다. 빨대를 통해 강하게 들이쉬는 숨은
휘발성 액체인 알코올이 위가 아닌 폐로 직행하게 하기
때문이다. (이유까지 과학적이다!)

그래서 정말 저렇게 나의 주량을 과시했느냐 하면, 그건

아니다. 그런 식의 과시는 허세로 비춰지기 쉽고, '중2병'에 걸린 것처럼 보이기도 하기 때문이다. 하지만 자기가 좋아하고 몰두하는 일을 모두에게 과시하고 싶고, 인정받고 싶다는 상상은 누구나 한 번쯤 해보지 않나?

어쩌다 '중2병'이라는 병명에 등장하게 된 '중학교 2학년' 시기는 우리의 감정이 극대화되는 사춘기다. 좋아하는 것을 찾고자 하는 마음의 방황이, 좋아하는 것을 찾았지만 억눌린 마음의 방황이 시작되는 시기다.
최승자 시인의 표현을 빌리자면 괴로움, 외로움, 그리움이라는 청춘의 첫 트라이앵글이 가슴속에 만들어지는 시기다.
내가 좋아하는 것을 찾아 떠나는 것이 쉽게 허락되지 않는 사회에서 방황하는 괴로움, 이해받지 못하는 외로움, 상상 속의 자유로운 나를 향한 그리움인 것일까.

우리는 계속해서 가슴속에 트라이앵글을 품은 채 살아간다. 하지만 감정이 상실된 시대에는 이러한 것들이 너무나

과잉된 감정, 고쳐야 할 '병'이 되어버린다. 누구에게나
각자의 세계가 필요한 것인데, 정말로 있지도 않은 병에
걸린 환자 취급이라니 너무한 거 아닌가.

> 화려하면서도 쓸쓸하고 가득 찬 것 같으면서도
> 텅 비어 있는 내 청춘에 건배!

단단히 중2병에 걸린 것 같은 말이지만, 가수 조용필의
'킬리만자로의 표범'에 나오는 가사다. 의식 있고 시적인
가사의 황금기였던 7080년대에 굉장히 사랑받은 노래로,
전반적으로 자아에 대한 성찰이 담겨 있는 가사가 아주
인상적이다, 라고 포장해서 말해본다.

'중2병' 진단은 슬프게도, 한 끗 차이다.
그러니까 혹시라도 누군가 나에게 '중2병'이라 조롱한다면,
이렇게 받아쳐주자.
나를 중2병이라 부른다면, 너는 돌팔이다!

내 청춘의 영원한

최승자

이것이 아닌 다른 것을 갖고 싶다.
여기가 아닌 다른 곳으로 가고 싶다.
괴로움
외로움
그리움
내 청춘의 영원한 트라이앵글.

《이 시대의 사랑》(문학과지성사, 1981)

술이 식기 전에 적장의 목을 베어 오겠소.

−관우 (35세, 군인)

연극은 끝났다. 박수를 쳐라.

−아우구스투스 (77세, 로마황제)

나는 화가가 되었다. 그리고 피카소가 되었다.

−파블로 피카소 (33세, 화가)

내 사전에 불가능이란 없다.

−나폴레옹 1세 (43세, 황제)

중2병도, 명언도

결국 한 끗 차이인데

누가, 어떤 기준으로

중2병을 판단할 수 있을까요

의사가 진료하고

약사가 처방하지 않으면

불법이 될 수 있으므로

중2병 진단은 되도록 삼가할 것

처방도 함부로 하지 말 것

무엇보다 중2병은

고쳐야 할 질병이 아니란 것

병이 아닌 걸

병이라고 부르는 게

더 큰 병 아니겠어요?

중2가 아니라도

어느 누구의 청춘이라도

모두 허세로울 자격이 있습니다

명언을 만들 위인이 될 수 있습니다

왜냐고요?

다, 한 끗 차이니까요

세상에
너만
힘든 줄
아니?

황인숙 〈강〉 + 호로요이

하루는 부모님께서 내 편식 습관을 바로잡겠다며 각종
풀떼기들을 식탁 위에 늘어놓았다. 다 먹기 전까지는
방으로 가지 말라는 엄명에, 식탁에 앉아 그대로 두 시간을
넘겼다. 차라리 이대로 세상이 끝나버렸으면 좋겠다는
생각까지 들었다. 아니야, 마지막 순간을 풀 먹다 맞을 순
없어……. 한참을 버티던 내게 부모님은 "오지에서 불쌍하게
굶고 있을 어린아이들을 생각하라"고 말하셨다.
그 말을 들으니 풀이라도 먹을 수 있는 내 처지가
감사했지만, 그렇다고 풀이 맛있어지진 않았다. 먹어도
먹어도 끝이 보이지 않는 별 괴상한 풀떼기를 억지로
입안에 욱여넣으며 오만상을 찌푸리던 나는 결국 자정이
넘어서야 방에 들어갈 수 있었다.

지금 생각해보면, 내가 편식을 안 한다고 굶는 아이가
행복해질 수 있을까 싶다. 무엇보다 나보다 불쌍한
사람이라며 다른 사람의 우위에 서고 싶지도 않거니와,
마찬가지로 그런 기준으로 판단해 나 역시 누군가보다
불쌍한 사람이 되는 것도 사양하고 싶다. 각자의 고통을

비교하고 순위 정하는 것도 싫다.

내가 그 아이의 고통을 감히 이해할 수 없듯 그 아이도 쌈채소를 억지로 먹어야 하는 대한민국 평범한 가정집 딸아이의 고통을 이해할 수 없는 거 아닌가. 애초에 나도 편식하고 싶어서 하는 것도 아니다. 세상에서 제일 부러운 사람 중 하나가 음식을 가리지 않고 모든 재료의 맛을 그대로 느낄 수 있는 사람이다. 하지만 그냥 못 먹겠는 걸, 이대로도 충분한 걸 어떡해?

세상에 너만 힘든 줄 아니, 너보다 힘든 사람 많다.

언제나 그런 식으로 내 고통은 남의 고통의 들러리가 됐다. 내 공부보다 네 공부가, 내 연애보다 네 연애가, 내 취업보다 네 취업이, 내 처지보다 네 처지가⋯⋯. 서로가 서로를 비교하고 점수 매기는 일은 수없이 반복됐다. 내가 힘든 이야기를 하려고 하면 나보다 더 힘들다는 친구. 내가 힘들다면 그것보다 더 힘들다는 친구. 이건 뭐 최강 무지개 반사도 아니고⋯⋯. 너보다 힘든 사람 많다는 말처럼,

세상에 너만 힘든 줄 아냐는 말처럼 힘이 빠져버리는 말이
있을까. 그래, 너 힘든 거 다해라. 네 똥 굵다.

너 그거 마시고 취하겠니, 그건 술도 아닌데.
하다못해 주량으로도 너 잘난 세상이다. 자랑스럽게
호로요이(ほろよい)를 꺼냈을 때 꼭 이런 말을 보태는
사람이 한 명씩 있다. 평균 4~5도인 한국 맥주나 그나마
'프레시'하다는 17도의 소주들 혹은 좀 더 가벼운 느낌으로
13도쯤인 청하나 매실주에 비하면 호로요이는 3도라는
현저히 낮은 알코올 도수의 술이다.

물론 그런 면에서 누군가에겐 '술'이라 불리기에 조금
부족한 탄산음료 같을 수도 있다. 하지만 달달한 과일 맛에
적당한 탄산의 호로요이는 술이면서도 술 같지 않은 술이란
게 바로 핵심 포인트라구.

마시는 순간부터 기분 좋게 상큼해지는 느낌이 너무
좋은걸. 술은 그렇게 마시는 게 아니라고? 술을 마신다고

해서 항상 만취하고 싶지는 않은걸. 술이어도 좀 더 맛있게, 심지어 자기 전에 한 캔 따서 부담 없이 호로록 마시고 싶을 때도 있으니까.

> 네가 안 취한다고 술이 아니냐, 내가 좋아하고 내가 취하면 술이지. 내 간 네 간 다른데 토끼간 타령하듯 남의 간에 관심 갖지 말아라.

각자에겐 각자의 슬픔이 있고, 각자의 고통이 있고, 각자의 취기가 있다. 그러니 그냥 그 무게를 각자가 느끼고 짊어지면 안 될까? 나의 슬픔을 자랑할 필요도 없고 너의 슬픔을 깎아내릴 필요도 없이.

그러니까 오늘은 제 한 몸 감당할 술로 호로요이 한 캔이면 충분합니다.

오늘만큼은 내가 제일 중요하니까,
더 이상의 잔도 넋두리도 건배도 사양하겠습니다.

강

황인숙

당신이 얼마나 외로운지, 얼마나 괴로운지
미쳐버리고 싶은지 미쳐지지 않는지
나한테 토로하지 말라
심장의 벌레에 대해 옷장의 나방에 대해
찬장의 거미줄에 대해 터지는 복장에 대해
나한테 침도 피도 튀기지 말라
인생의 어깃장에 대해 저미는 애간장에 대해
빠개질 것 같은 머리에 대해 치사함에 대해
웃겼고, 웃기고, 웃길 몰골에 대해
차라리 강에 가서 말하라
당신이 직접
강에 가서 말하란 말이다.

강가에서는 우리

눈도 마주치지 말자.

《자명한 산책》(문학과지성사, 2003)

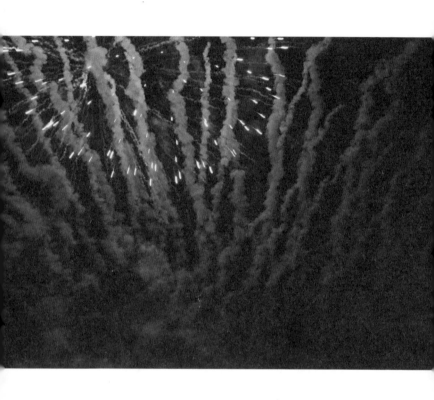

우리 서로

눈물의 무게를, 한숨의 깊이를

애써 비교하지 말아요

눈물을 더 적게 흘린다고

슬픔까지 작은 건 아니니까

한숨을 더 얕게 쉰다고

외로움까지 가벼운 건 아니니까

힘들었다는 누군가의 고백에

힘들지 않게 고개를 끄덕거려주는 것

그 정도로도

우리는 꽤 괜찮을 것입니다

프로는
장비를
탓하지
않는다

성미정 〈그래, 의자가 너무 많았어〉 + 카스

일주일에 일곱 번 술을 마시는 나라고 해서, 처음부터 술을 좋아했던 건 아니다.

소주는 그나마 잔이 작아서 숨을 참고 한 번에 원샷이라도 할 수 있으니 망정이지, 팔뚝만 한 맥주잔으로 마셔야 하는 맥주는 그야말로 고문이었다. 물도 이렇게 많이 안 마시는데, 이걸 다 어떻게 마셔? 거대한 카스(Cass) 피처를 보면 한숨부터 나왔다.

탄산이 가득한 데도 사이다나 콜라와는 달리 그저 텁텁하고 쓴 느낌에 어딘지 꼬릿꼬릿한 맛. 썩은 물이 주스와 섞이면 이런 맛이 나지 않을까…….

그럼에도 불구하고 마셨다. 술이 맛없다고 마다하기에는 고삐 풀린 어른이 된 이십대들의 술 약속은 끊임없이 이어졌다. 그 사이에서 술을 즐길 줄 모르는 것처럼 보이는 건 부끄럽게 느껴지기도 했고, 얕보이기 싫다는 소심한 두려움도 있었다. 게다가 술을 잘 마신다는 건 어쩐지 멋있어 보이는 일이기도 했다. 목구멍의 밸브를 열어서

맥주를 꿀떡꿀떡…… 하는 거의 묘기 수준의 원샷은
경탄을 자아내기도 했으니까. 그렇게 꾸역꾸역 술자리를
거듭했지만, 마침내 술이 맛있게 느껴지는 건 몇 년이나
지난 후의 일이다.

뭐든 쉽게 질리는 성격상 꾸준히 해온 게 별로 없는데,
술은 어떻게 몇 년이고 마셔왔는지 신기할 뿐이다. 확실한
건, 그렇게 몇 년을 지나오며 술이 늘었다. 이젠 꾸역꾸역
마신다기보다, 정말 좋아서 꿀꺽꿀꺽 마신다. 누가 권하지
않아도, 맥주를 떠올리는 게 몹시 자연스럽다. 여름이면
덥고 땀나서 시원한 맥주가 생각나고, 목이 마르면 있는
힘껏 원샷하고픈 맥주가 생각나고, 짜고 기름진 걸 먹으면
탄산 때문에 개운한 맥주가 생각나고, 그냥 눈을 깜박여도
맥주가 생각나고.

물도 저렇게 못 마실 것 같은데 맥주를 어떻게 저렇게 많이
마시냐고?
물은 못 마시지만 맥주니까 이렇게 마실 수 있는 거다, 라고

230

당당히 대답할 수 있는 사람이 됐다.

그렇게 마시다 보니, 자연스레 맥주에 대한 공부도 시작했다.
가장 쉽게 접할 수 있는 한국 라거 맥주는 맥덕들 사이에선
밍밍하고 맛없는 맥주, 심지어는 맥주라 부르기 아까운
보리주스 같은 것이라고 불리니까.
맥주의 세계를 더 알고 싶은 마음에 다른 맥주들도 하나둘
맛보기 시작했고, 이런저런 크래프트 비어나 마이크로
브루어리에서 나오는 맥주들도 닿는 대로 마셨다. 이것저것
줄창 마시다 보니, 신기하게도 어느 순간부터 맛을 가늠할
수 있게 되었다.

안타깝게도 한국 라거 맥주는 '맥주'라고 하기엔 맥주만의
특성이 너무 옅게 느껴진다는 사실도 깨닫게 됐지만, 언제
카스를 마셔야 맛있는지도 더 잘 알게 됐다. 흐릿한 맥주
향에 목을 찌르는 듯 가득한 탄산감. 프라이드치킨과
완벽한 조화를 이루는 데다 끊임없이 건배와 원샷을 이어갈
수 있는 맥주의 대표랄까. 사이다나 콜라 대신, 가끔은

물 대신 마실 정도로 부담이 없어 소비량이 어마어마한
맥주다.

꾸준히 하다 보면 분명, 조금씩이지만 는다는 사실을
아이러니하게도 술을 마시다 깨닫게 된 케이스다.
공부하려면 책상 정리를 한 후 마음에 드는 공책과 펜을
골라야 하고, 테니스를 치려면 테니스 운동화와 그에
맞는 테니스 스커트를 사야 하고, 글을 쓰려고 일단 좋은
노트북이 뭐가 있는지 검색하기 위해 인터넷을 켜는 사람이
바로 나였는데.

막상 중요한 것보다는 주변의 것들에 집착하는 나를 보며
부모님은 그러셨지. 그런 정성으로 공부했으면 하버드를
갔겠다!

결과적으로는 공부를 잘하기보단 예쁜 공책과 펜을
고르다가 디자인에 관심을 가지게 됐고, 테니스를 잘
친다기보단 스포츠 브랜드를 잘 알게 됐고, 글이야 어찌

됐든 일단 좋은 맥북을 장만했다. 이런 내가 스스로
싫지는 않지만, 가끔 이런 생각은 든다. 진짜 이런 정성으로
공부했으면 하버드 갈 수 있었을까?
에이, 내가 무슨 하버드야, 싫다가도 맥주를 삼키는 것조차
어려워하던 때를 떠올리면 가능성이 아주 없지는 않은 것
같다. 다만 하버드는 못 갔지만 맥주만큼은 잘 마시게 된 나
스스로를 사랑하는 것처럼, 인생을 돌이켜보았을 때 후회가
남지 않았으면 좋겠다.

싫어하는 것도 해보고, 하다 질려서 그만두고 싶더라도 일단
진짜 아니다 싶을 때까지는 내 자신을 쥐어짜보는 것도
때로는 필요하다. 첫인상이 나빴더라도 몇 번 더 만나봐야
아는 것처럼, 술을 싫어하던 내가 일주일에 일곱 번 술을
마시며 술에 대한 팟캐스트를 하고 술에 대한 글을 쓰고
있는 것처럼.

정답을 빨리 찾으려고 조급해하기보다, 정말로 하고 싶고
잘하고 싶은 것이 생겼을 때의 나를 위하여, 보다 후회 없을

내 인생을 위하여.

성미정 시인은 말했다. 김치를 썰다가도 시를 쓰고
걸레로 방바닥을 닦다가도 시를 쓰겠다고.
자, 그럼 일단 맥주 한 캔 더 따고 뭐든 시작해볼까?

그래 의자가 너무 많았어

성미정

오늘은 불란서 초등학생 의자에 앉아
책을 읽어볼까 아니야 우선 민트빛
의자에 꽃병을 올려놓고 시작해볼까
아니야 인더스트리얼 풍 의자에
앉아 시를 써보는 건 어떨까

그랬구나 요령의 시인
빨간 의자 노란 의자 파란 의자
고르느라 시 쓸 시간이 없었구나
이제 고놈의 알록달록한 의자일랑은
모두 치워버리자 덤으로
의자에 앉아 쓴 머리만 커다랗고
다리가 후들거리는 시도

오늘부터는 의자에 앉으면 안 돼
시인이란 그 누구보다 의자를 나 몰라라

해야 할 의지박약한 존재이니

오늘부터는 김치를 썰다 시를 쓰는 거야
걸레로 방바닥을 닦다가 시를 쓰는 거야
장딴지가 탄탄한 시를 쓰기 위해 숨이 차도록
달리는 거야 그렇게 그렇게 마음속에
거치적거리는 고 상놈의 고상한 남의
알록달록한 의자를 가뿐하게 뛰어넘는 거야

《읽자마자 잊혀져버려도》(문학동네, 2011)

오늘 나는 말야

맥주를 못 마시겠어

좋은 맥주잔이 없거든

그런데 말야

맥주잔을 못 사겠어

예쁜 찬장이 없거든

이번엔 말야

찬장을 못 들이겠어

멋진 부엌이 없거든

사실은 말야

부엌을 못 바꾸겠어

내 돈 주고 산 집이 없거든

그러니까

맥주를 마시려면 말야

내 집 마련의 꿈이 먼저인 거지

맥주의 필수조건이

부동산 소유라니

월세는 계속 오르지

월급은 오르는 건지

와, 열불 나는 거지

그럼, 시원한 맥주라도 마셔야

살맛 좀 나지 않겠어?

맥주를 못 마시는 이유들로

맥주를 마시게 되는 것처럼

사는 것도

그런 것 아니겠어?

캬아―

365일
산타는
연중무휴

김용택 〈달이 떴다고 전화를 주시다니요〉 + 뱅쇼

나 왜 좋아해?

그냥.

아, 확 그냥.

그냥이라는 단어는 그 상태 그대로라는 뜻. 그런 의미에서
'그냥 좋아한다'는 건 대상의 모든 부분을 그대로
좋아한다는 의미가 될 수 있겠다. 하지만 '나의 모든 것'이
고작 두 음절에 퉁 쳐지는 것 같은 무성의함이 느껴지는 건
왜일까?

물론 누군가를 좋아하는 이유를 하나하나 설명해야 한다는
게 구구절절하게 느껴질 수 있다. 이유를 다섯 가지 말해도,
내 마음엔 말로 표현하지 못한 이유가 더 많으니까.
내 마음은 말로 설명할 수 없이 클뿐더러, 그걸 말로
표현하는 순간 그 의미가 퇴색되는 것 같다는 생각도 든다.
게다가 이유를 아주 사소한 것부터 셀 수 없이 꼽아보자니
부끄럽기도 하다. 무슨 프러포즈하는 것도 아니고.

"내가 꼭 이유가 있어야 전화해?"

왜 전화했느냐는 퉁명스러운 물음에 황당해하던 상대방이
떠오른다.
이유가 없지만, 동시에 모든 것이 이유가 될 수 있는
사이니까 그랬을 거다.
목소리를 듣고 싶으니까, 뭐 하는지 궁금하니까,
오늘 있었던 일을 말하고 싶으니까, 보고 싶으니까.
어련히 그런 이유들로 전화했겠냐마는, 그래도 말로
꺼내주면 어디 덧나나.

물론 나 역시 긴 말 없이도 서로를 이해하고 알아주는
관계에 대한 로망이 있었다. 그런 시간을 보낼 수 있는
관계를 갖게 되고 나서 깨닫게 된 건, 이미 기나긴 대화를
나눠왔기 때문에 편안한 침묵 역시 가능하다는 것.

그러니까 '그냥' 좋아하지 말고 좋아하는 이유를 하나하나
꼽아주었으면 좋겠다.

244

'그냥' 전화하지 말고 서툰 말이라도 덧붙여주었으면 좋겠다.
예를 들면, 달이 떠서 전화를 했다든가 하는 아무렇지도
않는 이유라도.
세상에 "달이 떴다고 전화를 주시다니요"라니, 하늘에 달이
구름에 가려 안 보일지언정 안 떴던 적이 있던가? (심지어는
낮에도 떠 있다)

몇 마디면 된다. 생일이나 기념일, 크리스마스 같은 날은
물론, 그런 '어떤 날'이 아니어도 상관없다. 오히려 '아무
날'에 기습해버리는 짜릿함도 있다! 365일 언제든, 마음만
먹으면 쉽게 특별해질 수 있다. 말 한마디로 인해, 사소한
모든 어느 날이 크리스마스가 되고 나는 산타가 될 수
있다면 꽤나 남는 장사 아닐까.

세상엔 언변이 능한 사람만 있는 게 아니니까, 말로
표현하는 게 너무나 힘든 사람들을 위한 방법도 있다. 바로
(아니나 다를까) '술'.

한없이 높아 보이는 관계의 장벽에 알코올을 부어보자.
어느새 가뿐히 넘나들 수 있을 만큼 얇게 녹아버린 벽을 볼
수 있을걸? 그렇다고 해서 볼썽사납게 내달리듯 성급하게
자기 할 말만 내뱉는 건 금물이다. 술의 힘을 빌려 있는 말
없는 말 다 끌어내는 것처럼 보이는 순간, 그 진심까지도
의심받게 되니까. 중요한 건 나의 마음과 상대방의 마음에
어울리는 술과 그에 어울리는 말들을 신중하게 고르는 것.

한 잔만 있어도 분위기가 달라 보이는 와인, 그중에서도
좀 더 편안하면서도 로맨틱한 레드와인, 그중에서도 새콤
달달한 과일과 함께 기분 좋게 보글보글 달아오르는 따뜻한
뱅쇼(Vin Chaud)는 어떨까.

레드와인에 여러 과일들을 넣고 끓여내기만 하면 되는
뱅쇼는 직접 만들어 마실 수 있는 재미도 있는 데다, 붉은빛
와인에 과일이며 여러 향신료가 가득 담겨 있는 그럴싸한
외관 덕에 분위기 잡는 데도 그만이다. (크리스마스 시즌만
되면 카페나 펍에서 꼭 메뉴에 올라오는 데는 다 이유가 있다)

끓였기 때문에 알코올 도수도 와인보다 어느 정도 낮아
부담 없이 대화에 곁들이기도 좋다.

아무 데서나 사서 마셔도 맛있겠지만, 정성이 들어간
무언가가 아무래도 제일 좋은 법.
버리긴 아까워 한 켠에 남아 있던 레드와인을 꺼내 냄비에
붓는다. 각종 과일(오렌지, 사과, 배 등), 시나몬 스틱, 정향
등을 큼직큼직하게 썰어 냄비에 담는다. 달달함을 위해
설탕도 추가. 뭘 넣든 어떻게 넣든 반드시 정해진 건 없지만,
함께 마실 사람이 좋아해줬으면 하는 마음만큼은 반드시
추가. 그렇게 20~30분 정도 약불에서 끓여내면, 완성이다.

프랑스에선 감기를 예방하기 위해 마셨다는 뱅쇼. 얇은
와인글라스를 따라 전해지는 따끈한 온기에 마음까지
녹아든다. 술로 감기까지 예방하려고 하는 주정뱅이라고
생각하지 말아줬으면. 몸이 앓는 감기뿐만 아니라 마음이
앓는 감기도 예방해주는 것 같은 느낌이니까.

손에 느껴지는 와인잔의 따뜻한 온기, 달달해지는 입가.
다 좋은데, 하나 더 있었으면 싶은 건 낮은 음으로 통—
하고 기분 좋게 울리는 와인잔의 건배 소리.

그러니까 너한테 전화해야지.
크리스마스가 아니라도, 크리스마스인 것처럼.

249

달이 떴다고 전화를 주시다니요

김용택

달이 떴다고 전화를 주시다니요
이 밤 너무 신나고 근사해요
내 마음에도 생전 처음 보는
환한 달이 떠오르고
산 아래 작은 마을이 그려집니다
간절한 이 그리움들을
사무쳐 오는 이 연정들을
달빛에 실어
당신께 보냅니다

세상에

강변에 달빛이 곱다고

전화를 다 주시다니요

흐르는 물 어디쯤 눈부시게 부서지는 소리

문득 들려옵니다

《참 좋은 당신》(시와시학사, 2004)

어버이날이 아니라도

부모님 얼굴이 떠오르는 날이 있습니다

새해가 아니라도

무언가 결심하게 되는 날이 있습니다

크리스마스가 아니라도

선물을 건네주고픈 날이 있습니다

그러니까

꼭 무슨 날,

어떤 날이 아니라도

당신을 생각하기에는

모든 날이 가장 좋은 날입니다

당신이 있어서

곁에 없어서

달빛이 예뻐서

예쁘지 않아서

당신이란 사람을

모든 날마다

떠올리게 되는 건 아닌지

지금 이 순간,

여러분의 당신은 누구인가요

그 사람과 술 한잔 하기엔

또 모든 날이 가장 좋은 날이 아닐까요

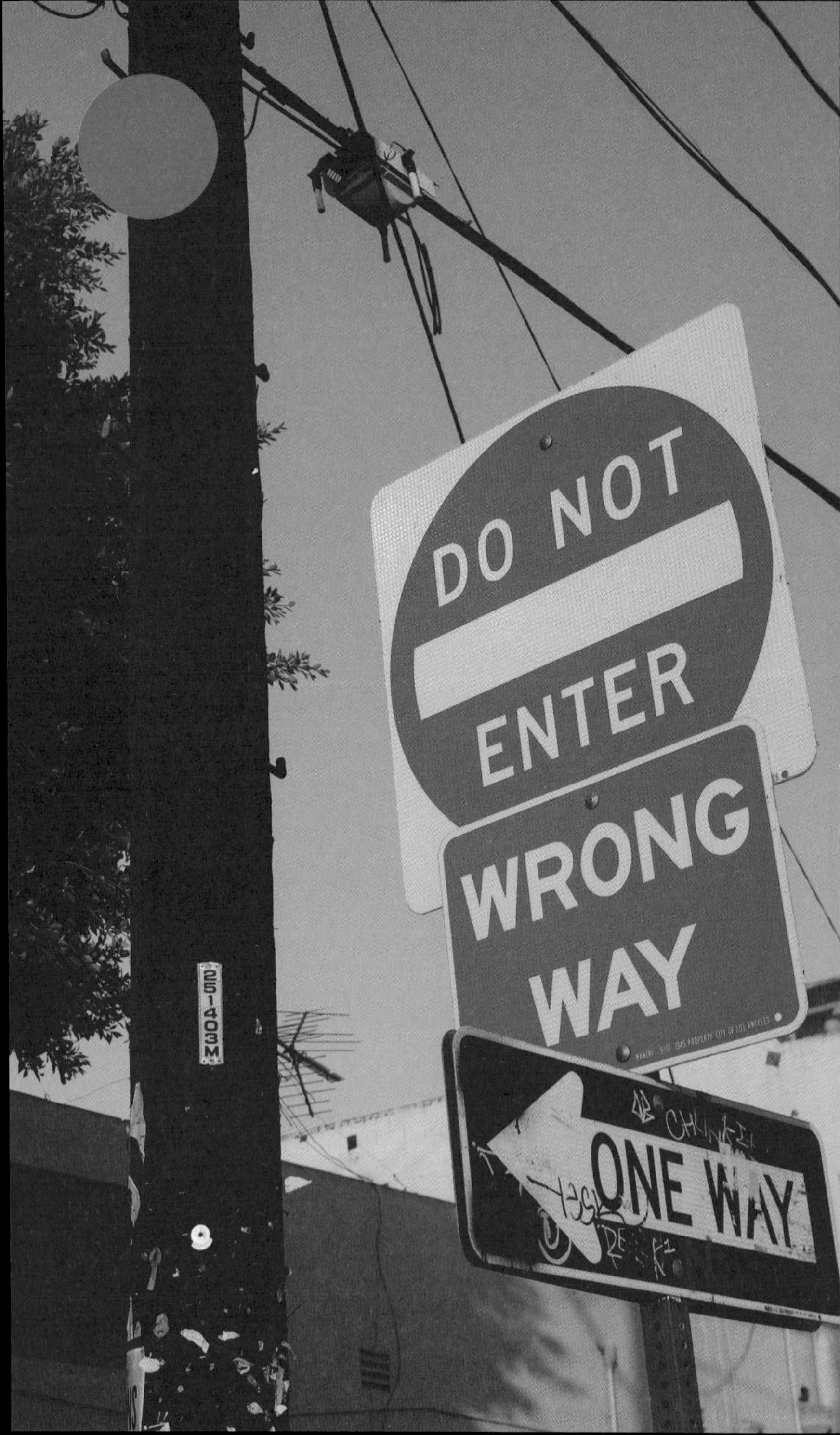
DO NOT
ENTER
WRONG
WAY
ONE WAY
251403M

아.닌.데.요?

이문재 〈바닥〉 + 금산 인삼주

술을 마시면서 시를 읽는 팟캐스트를 진행하게 된 이후로는,
일주일에 한 번씩 꾸준히 술을 사러 돌아다니게 됐다.
시집을 읽어보고 이거다 싶어서 정해놓고 사는 술도 있지만,
주류점에서 이것저것 구경하다 한두 병씩 사놓고 고민하는
일도 다반사다. 그날 나를 주류점에 들르게 한 시집은
이문재 시인의 《지금 여기가 맨 앞》.

이문재 시인의 글을 읽을 때면, '약주'라는 단어가 머릿속을
강하게 지배한다. 의사 앞에서 하면 큰일 날 소리지만, "술이
약이다!"라는 말도 있잖은가. 마음이 위로되는 시인님의
글과 약주가 함께라면, 몸 건강은 몰라도 정신 건강은
좋아질 것 같다는 생각이 든다.

약주를 마실 일이 없다 보니 잘 몰랐는데, 주류점의 약주
코너에는 영험한 기운을 풍기는 술들이 여럿 있었다.
예로부터 산 많고 초목이 우거진 나라답게, 선조의 지혜가
담긴 전통주들이 한 자리씩 차지하고 있었다. 그중에서도
가장 시선을 사로잡는 건 투명한 유리병에 조그만 인삼 한

뿌리가 들어 있는 인삼주. 투명한 술에 인삼이 고고히 담겨
있는 모습은 그야말로 눈이 부셨다. 한없이 호사스럽고,
보기만 해도 황송스럽달까. '약주'라는 존칭을 달기에
마땅한 술이다.

어릴 적 우리 집에는 황금 테를 두른 유리병 안에 커다란
인삼 한 뿌리가 들어가 있는 인삼주가 전시되어 있었다.
술이 뭔지도 모르는 어린 내가 보기에도, 저건 '물건'이었다.
술인데도 불구하고 마시면 무병장수할 것 같은 느낌이랄까.
물론 술을 마실 수 있는 나이가 되고 나서 깨달은 것이
있다면, 정말 무병장수하고 싶다면 술을 마실 게 아니라
끊거나 운동을 하면 된다.

하지만 주류점에서 자태를 뽐내는 인삼주를 보고 있자니,
술을 마시면서 동시에 건강을 챙기는 이상한 일을 해낼
수 있을 것 같은 기분이 들었다. 심지어 집에서 그냥 담근
술도 아니고 전통식품 명인이 만든 인삼주다. 어릴 때부터
휘황찬란한 인삼주를 보며 품어왔던 궁금증 역시 다시금

떠올라 참을 수 없었다. 인삼주는 무슨 맛이 나는지, 약주란
칭호답게 정말 건강에 도움이 되는 건지, 인삼주를 마시고
난 후의 인삼은 어떻게 되는지, 뭐 그런 것들.

게다가 '명인이 빚은 진짜 인삼주'라는 설명도 시선을
붙잡았다. 인삼주는 흔히 봤던 것 같은데, 명인이 만들어서
진짜라는 걸까?
의문스러운 마음에 검색해본 나는 이내 충격에 빠졌다.
내가 알고 있던 인삼이 들어간 인삼주는 소주에 인삼을
담가 만든 '인삼 담금주(침출주)'이고, 여기서 파는 '금산
인삼주'는 쌀과 누룩, 인삼을 분쇄해 넣고 저온 발효시켜
만든 '전통 발효주'라는 것.

그럼에도 '금산 인삼주'에도 인삼이 들어가 있는 이유는,
사람들이 인삼이 '눈에 보이게 들어가' 있어야 인삼주라는
인식이 워낙 강해서 인삼주에 영향을 미치지 않을 만큼
같은 도수의 술에 인삼을 절여둔 뒤에 넣어서 판매하고
있기 때문이라고 한다.

집에서 재미 삼아 소주를 부어 만든다는 인삼 담금주.
단순히 우려내는 술이기 때문에, 마시려고 만든다기보다
관상용으로 만든다고도 하는데…… 아니 세상에, 그림의
떡도 아니고 보기 위한 술이라니 이게 말이 되나? 게다가
포도를 발효시켜 만든 와인 안에 포도가 보이지 않는 건
당연하게 생각하면서, 인삼주 안에는 꼭 인삼이 보여야
한다는 고정관념이 우습게 느껴졌다.

하긴 내가 인삼주를 직접 사서 마셔보기 전까지, 인삼이
들어 있건 말건 신경 써본 적이 없었으니 원래 인삼이 꼭
들어 있어야 하는 줄 알았지. 이문재 시인의 〈바닥〉이라는
시를 읽기 전까지 땅바닥이 왜 땅바닥이라 불리는지 관심을
가져본 적 없는 것처럼.

어릴 때는 이것저것 꼬투리 잡듯 물어보는 아이였던 것
같은데, 어른이 된 지금은 '원래 그런 것'으로 당연하게
굳어진 것들이 많다. 막상 당사자가 되어야 굳어져 있던
문제를 다시 파헤쳐보게 된다.

남자들은 원래 그래, 여자는 이래야지, 이 바닥이 원래
힘들어, 애들은 그러면서 크는 거야, 첫사랑은 다들 그래,
헤어지면 다들 그런걸, 신입사원은 어쩔 수 없어, 살 못 빼는
게 게으른 거지, 힙합은 원래 욕하고 디스하는 거야, 살색은
살색이고 하늘색은 하늘색인 거야……

인삼주에도 인삼이 보여야 한다는 고정관념 때문에 명인도
인삼을 넣을 수밖에 없었던 것처럼, '원래부터 그런 것들'에
동화되어버리고 마는 것이다.

살다 보면 그렇다면서요? 다들 그렇게 살아간다면서요?
원래 그런 거라면서요?
저도 그랬지만, 이제는 안 그러고 싶어요.

이런 예상치 못한 깨달음이라니.
술은 분명 약이 아니지만, 술이 정말 약이 되는 때가 있다.

바닥

이문재

땅바닥은 없다.
땅바닥은
땅의 머리
땅의 정수리다.
그러니까 땅은 언제나
꼿꼿이 서 있는 것이다.

정확하게 말하자면
땅바닥 땅의 바닥은
하늘의 바닥 하늘바닥이다.
사실 모든 땅바닥은
땅의 바닥이 아니고
지구의 정수리다.
그럼에도

그럼에도 불구하고.

《지금 여기가 맨 앞》(문학동네, 2014)

"다리 떨면 복 나간다"

다리 떨기는 혈액순환에 도움이 되고

하지정맥류 예방에도 그만이라고 합니다

덜덜- 우리는 덜덜- 건강해지고 덜덜- 있습니다

"한숨 쉬면 한숨 쉴 일만 더 많아진다"

깊은 한숨은 폐활량 증진과

스트레스 감소 효과가 있답니다

한숨을 두숨 세숨 네숨씩 쉬어봅시다

"선풍기 틀고 자면 죽는다"

대한민국에만 존재하는 미신이라고 합니다

선풍기에 머리를 집어넣지 않는다면 괜찮겠죠?

안녕히 시원하게 강풍으로 주무시길

"죽 먹으면 시험 죽 쑨다"

'죽'은 긴장한 상태에서도

소화가 잘 되고 영양 섭취에 좋아

집중력 향상 등에 도움이 된답니다

맛이 '죽'이겠죠?

그러니까 때로는

성실히 어겨봅시다

최선을 다해 틀려봅시다

'사는 게 다 그렇고 그렇다'는 말을

'인생이 다 그런 거다'라는 말을

혼자 있기
싫어서
마신다

유진목 〈혼자 있기 싫어서 잤다〉 + 녹차 소주

혼밥족이 트렌드가 되고 나서 참 기뻤다. 왜냐하면 내가
트렌디한 사람이 됐기 때문이다. 나로 말할 것 같으면, 밥
먹을 때마다 상사에게 '혹시 군대 다녀왔냐'라는 질문을
받을 정도로 빠르게 밥을 먹는 사람이다. 내 주변 친구들은
오히려 밥 먹는 속도가 느려서 빨리 먹으라는 무언의
눈치를 보아야 하는 게 고민이라고 하는데, 밥을 빨리 먹는
사람도 눈치 보는 건 매한가지다. 하하하, 괜찮으니까 천천히
먹어, 난 어차피 기다림에 익숙하다구.

마찬가지로 술 마시는 속도도 빠른 나. 술을 벌컥벌컥
들이켤 때마다 다들 '뭔 일 있냐'고 물어보지만, 나 정말
아무 일도 없다니까? 그냥 술이 맛있고, 그러니까 빨리
마시고 싶을 뿐이라구. 믿기 힘들겠지만 나도 컨디션이 좋지
않을 땐 속도를 조절해. 물론 항상 컨디션이 좋긴 하지만.

혼자 잘 지낸다는 것이, 주로 혼자 밥을 먹고 술을 마실 수
있다는 것으로 대변된다는 점에서 나는 나 자신을 굉장히
독립적인 인간이라고 여겼다. 주변에서도 그랬다. 혼자

고기 구워 먹고 혼자 집에서 술 마신다고 하면, 나를 마치
대단한 신세대 혼밥족 혼술족인 것처럼 여겼다. 주위의
그런 반응을 보며, 정말 내가 그런 사람이라는 착각이 들어
스스로 자랑스럽고 뿌듯하기까지 했다.

하지만 혼자 밥 먹고 술 마시는 게 뭐 대수라고. 진짜
'혼자'일 수 있는 사람은, 그런 생활을 혼자 하는
사람이라기보다는 감정을 혼자 갈무리할 수 있는
사람 아닐까. 그런 의미에서 나는 혼자 있을 때도
즐겁고 편하지만, 다른 사람한테 내가 그럴 수 있는
사람이라고 자랑할 때가 더 즐겁다. 나는 혼자를 즐기는
사람이라기보단, 그냥 혼자가 익숙한 사람이었던 건 아닐까.
적어도 다른 사람들이랑 같이 있을 땐 그러지 않는데, 혼자
있다 보면 되게 서러울 때도 많거든.

예를 들면, '2인분 주문 가능'이라 쓰인 메뉴판을 볼 때,
인기 있는 곱창집 테이블을 혼자 차지할 배짱이 없어서
지나쳐야 할 때, 화려한 모듬 메뉴를 시키기에는 돈이

부족할 때, 맛있는 술을 마시고 건배하고 싶은 마음을
눌러야 할 때.
그리고 혼자 있을 땐 평소에 느끼지도 못하던 초인적인
영역까지 신경을 곤두세우기도 하지. 안 보는 사이에 인형이
살아 움직일 것 같고, 침대에 올려놓은 베개에 귀신이
와서 누울 것 같고, 화장실에서 세수를 해도 누군가 거울
저편에서 나를 보고 있을 것 같은 그런 느낌들.

그래서인가. 언젠가부터 나는 혼자일 수밖에 없을 때 술을
마시게 되었다. 어른의 방법이지만 어른스러운 방법은
아니다. 물론 혼자를 즐기는 방법이기도 하지만, 그런
고마운 오해는 말아줘. 혼자 있기 싫어서 술을 마실 때도
있거든. 그래도 기특한 것은 어떻게든 혼자 즐겁기 위해
노력한다는 점이지.

혼술을 즐길 땐 나 스스로 '혼자 뭐든 잘한다'는 것에
조금이나마 자부심을 가지고 있는 만큼, 항상 특별하진
못해도 다양한 술을 마시려고 하는 편이다. 그래서

상대적으로 가격 부담이 덜하면서도 맛은 다양한 맥주를
고르고 골라 혼자 시음하듯 마시는 걸 즐겼다. 하지만
혼술을 거듭하다 보니, 의외로 명예의 전당에 올라선
주인공은 '녹차 소주'. 유진목 시인의 낭독회에서 시인이
알려준 비법의 술이다. 시인 역시 술병을 쌓아놓고 혼술하던
시절 즐기던 술이기도 하고(역시, 경험이 제일 무섭다). 녹차
소주를 만드는 방법 자체는 아주 간단하지만, 칵테일을
만드는 것처럼 술을 마시기 위한 어떠한 과정이 있다는
점에서 재미도 있다.

녹차 소주 만드는 법 (출처: 유진목 시인)

준비물: 소주, 녹차 티백, 냉장고, 건강한 손목

1. 소주에 녹차 티백을 넣는다.
2. 녹차 티백을 넣은 소주병을 냉동실에 넣는다.
3. 10분간 뜨끈뜨끈하게 퀵 샤워!
4. 냉동실에서 소주병을 꺼내 흔들흔들 쉐킷쉐킷!
5. 잔에 따라 마신다. 어머나, 이 고운 연두색은 뭐람.

처음 마실 땐 녹차 티백이 잘 우러나려나 걱정했지만, 웬걸.
녹차를 좋아하는 사람이 마시면 눈이 휘둥그레질 맛이고,
녹차를 싫어하는 사람이 마시면 녹차라는 걸 다시 한 번
생각해봄직한 맛이다. (물론 그 사람이 술은 좋아해야겠지?)
싸한 소주에 쌉싸름한 녹차 티백을 더했더니, 오히려 달아진
요상한 맛. 이게 뭐지, 하다가 마시다 보면 어느새 술이
아니라 차를 마시는 것 같기도 하달까. 소주 한 병이란 게
혼자 마셔도 이렇게 금방 없어지는 거였어?

그렇게 혼자라는 것도 잊고 신나서 마시다 보면, 어느새
참 조용하다. 잔과 잔끼리 부딪히는 건배 소리가 들리지
않아서일까. 그래도 어떡해, 혼자선 건배를 할 수가 없는데.
갑자기 왜 짜증나게 처량한 느낌이 들지? 탓할 사람도 없이
스스로에게 서운한 마음이 들어 술을 한 번 더 넘긴다.
그러다 보니 또 신나고, 어쩌다 보니 또 서럽고, 그렇게 또
술은 넘어가고.

그렇게 마시고 이렇게 취하는데 티백 넣은 소주병 하나에

소주잔 하나라니, 설거지 거리가 참 단출하고 편하기도
하군. 기특하게도 뒷수습까지 스스로 하며 술자리를 뜬다.
하지만 역시, 어쩐지 일찍 일어나게 되는 느낌이 싫다.

그런데 어이없는 건 뭔지 알아? 어떻게 방으로 자러
들어갔는지는 기억에 없다.

혼자 있기 싫어서 잤다

유진목

집에 일찍 들어와 소주를 마시고 잤다 그런 날은 철봉에
거꾸로 매달린 꿈을 꾼다 흔들 흔들 해가 지는 저녁이다
바람이 불고 흙먼지가 인다 아이들이 집으로 돌아가고 있다

혼자서 잘 있어야 한다고 일기에 적었다 남은 소주를
마시고 일찍 잤다 어쩌다 잘못 깨어나면 밖으로 나가
한참만에 돌아왔다 내일은 다른 집에 있는 꿈을 꾸었다

집에 누군가 있는 것 같았다

나인 것 같았다

《연애의 책》(삼인, 2016)

오늘 하루도 이렇게

열심히, 힘들게, 짜증나게, 지치게,

바쁘게, 땀나게, 치열하게, 살벌하게,

끈덕지게 살았습니다,

라고 애써 설명하는 게

구차하게 느껴질 때

이 모든 걸 말하지 않아도

가장 잘 알고 있을 한 사람에게

술잔을 건네는 건 어떨까요

취해도 좋고

부끄러워도 괜찮을

조금은 쓸쓸하고

때로는 답답하기도 하지만

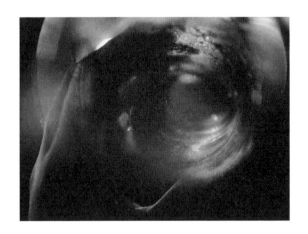

나에게

딱 한 명뿐인 사람

바로

나란 사람에게

마지막으로,
딱 한 잔만 더?

술은 맛있습니다.

지금 이 글을 쓰는 순간에도 술을 생각하니 목구멍이 간질간질합니다.
혀가 바싹바싹 말라옵니다. 자연스레 냉장고를 흘깃거리게 됩니다.
물건을 잘 잃어버리는 편인데도 냉장고에 넣어둔 술만큼은 막힘없이
기억하곤 하는데…… 저 안엔 분명 맥주 캔이 있어요, 그것도 기다란
것으로. 톡─ 하고 우그러지는 캔 뚜껑 소리와 함께 저항 없이 온몸을
황금빛 액체에 맡기고 싶습니다. 아아─ 한 잔 마시면서 쓸까, 한 잔만
마시고 쓸까!

대체 술을 무슨 맛으로 먹냐고요?

퇴근하고 마시는 술은 시원합니다. 마시고 싶어서 마시는 술은
달달합니다. 위로받고 싶어서 마시는 술은 부드럽습니다. 울고 싶어서
마시는 술은 눈물처럼 짭짤합니다. 마실 수밖에 없는 술은 쓰디씁니다.
마셔야만 하는 술은 역합니다.
술의 '맛'에는 감정이 담겨 있으니까요.

시는 어렵습니다.

'어렵다'는 이 세 음절에 이렇다 할 설명을 덧붙이지 않아도 고개
끄덕일 분이 많을 거라는 걸 알고 있습니다. 시는 한 편에 짧으면 몇
줄이고 길어야 몇 페이지에 불과한데도 금방 읽히지 않습니다.
낯선 단어와 생소한 문장들을 읽으며 끊임없이 고민하게 됩니다.
저자의 의도가 뭐지? 목적이 뭐지? 왜 나를 이렇게 끙끙 머리 싸매게
하는 거지?
그러다 몰아쳐오는 질문들 사이로 이런 생각이 들었습니다. 내가 시를
왜 굳이 이해하려고 하는 거지? 라는.

술을 마시는 것도, 시를 읽는 것도 사실은 다
마시고 읽는 '나'에 대한 이야기,
내가 느끼는 '감정'에 대한 이야기 아닐까요.

DJ 풍문과 능청이 함께 시를 읽고 술을 마시는 팟캐스트 '시시콜콜
시시알콜'은 그런 이야기를 하기 위해 시작되었습니다. 술과 안주의
적절한 조합을 통해 맛을 극대화하는 것처럼, 저희는 술과 시의 적절한
조합을 통해 감정을 극대화하는 페어링(pairing)을 시도합니다.

이 책에서는 각각의 챕터마다 시 한 편과, 그 시에 가장 잘 어울리는
술을 페어링했습니다. DJ 풍문이 왜 그 시와 술을 페어링했는지

얘기하는 오프닝 에세이로 시작해, 수록된 시를 지나, 카피라이터이자
팟캐스트 사회자인 DJ 능청이 갈무리하는 에필로그까지. 잘 차려진
술상을 맛보듯 하나하나 만끽하셨길 바랍니다.

글은 저희가 준비했으니 이 책을 읽는 당신이 술만 준비한다면
더할 나위 없겠습니다. 물론, 저희가 책에서 제안하는 조합은
아주 개인적인 기준에 따라 선정한 시와 술이니 어울리지 않다고
생각하셔도 됩니다. 한 캔이든, 한 병이든, 한 컵이든, 반 컵이든,
당신의 주량에 맞게. 소주든, 맥주든, 와인이든, 칵테일이든,
당신의 취향에 맞게. 그렇게 읽고 마신다면 그걸로 충분합니다.

이 책의 마지막 페이지에서 술맛을 다시는 당신이라면, 저희처럼
끝나가는 술자리가 아쉬워 주변에 진상을 부릴 정도로 에너지가
넘치는 당신이라면, 지금 팟캐스트 '시시콜콜 시시알콜'을 찾아주세요.
랜선 건배라도 합시다. 한 손엔 시집을, 한 손엔 술잔을 들고.

짠!

2017년 겨울
김혜경, 이승용 씀
김풍문, 이능청 취함

시시콜콜 시詩알콜

초판 1쇄	인쇄일 2017년 12월 5일
초판 1쇄	발행일 2017년 12월 26일

지은이	김혜경 이승용
펴낸이	정은영
주간	배주영
기획편집	김정은 고은주
마케팅	이경훈 한승훈 윤혜은 황은진
제작	이재욱 박규태
디자인	이선희

펴낸 곳	꿈지락
출판등록	2001년 11월 28일 제2001-000259호
주소	서울시 마포구 성지길 54
전화	편집부 02) 324-2347 경영지원부 02) 325-6047
팩스	편집부 02) 324-2348 경영지원부 02) 2648-1311
이메일	munhak@jamobook.com
ISBN	978-89-544-3820-9 (03810)

꿈지락은 "마음을 움직이는(感) 즐거운(樂) 지식을 담는(知)"
㈜자음과모음의 실용에세이 브랜드입니다.

이 도서의 국립중앙도서관 출판예정도서목록(CIP)은 서지정보유통지원시스템 홈페이지
(http://seoji.nl.go.kr)와 국가자료공동목록시스템(http://www.nl.go.kr/kolisnet)에서
이용하실 수 있습니다.(CIP제어번호: CIP2017030967)